LES ARCHIVES DES SENTIMENTS

du même auteur
chez Christian Bourgois éditeur

L'UN L'AUTRE
LA DOUCE INDIFFÉRENCE DU MONDE
TOUS LES JOURS SONT DES NUITS
AU-DELÀ DU LAC
SEPT ANS
COMME UN CUIVRE QUI RÉSONNE
UN JOUR COMME CELUI-CI
D'ÉTRANGES JARDINS
PAYSAGES ALÉATOIRES
VERGLAS
AGNÈS

PETER STAMM

LES ARCHIVES DES SENTIMENTS

Traduit de l'allemand (Suisse)
par Pierre DESHUSSES

CHRISTIAN BOURGOIS ÉDITEUR

L'édition originale de ce texte a été publiée
par S. Fischer Verlag, Frankfurt am Main,
en 2021, sous le titre :

DAS ARCHIV DER GEFÜHLE

Ce livre a été publié avec le soutien
de la Fondation suisse pour la culture Pro Helvetia.

ISBN : 978-2-267-05109-4

Plus tôt dans la journée, il y a eu un peu de pluie, maintenant le ciel n'est chargé que par endroits, avec d'épais petits nuages ourlés d'une blancheur incandescente dans la lumière. D'ici on ne peut déjà plus voir le soleil, il a disparu derrière les collines boisées et l'on sent qu'il fait plus frais. La rivière charrie beaucoup d'eau qui forme une écume blanche aux endroits où les pierres affleurent ; j'ai l'impression de sentir l'énergie roulée par toute cette eau en mouvement, comme si elle me traversait, courant puissant et vivifiant. À cent mètres en amont, là où l'eau franchit une retenue, le gargouillis se transforme en une rumeur ample et forte. Le mot rumeur ne convient pas, il est beaucoup trop inexact avec toutes ses significations et ses acceptions ; on parle de rumeur pour tout : une rivière, la pluie, le vent. L'éther aussi émet une rumeur. Il faut que je fasse un dossier sur les différents bruits de l'eau ; je me demande dans quelle rubrique je vais l'intégrer : Nature, Physique, peut-être même Musique ? Les bruits, les odeurs, les phénomènes lumineux, les couleurs, il y a encore tellement de lacunes dans mes archives, tant de choses qui n'ont pas été écrites, pas été saisies, tant de choses insaisissables.

J'ai remonté le sentier qui longe la rivière et mène vers le haut de la vallée. Franziska m'a rejoint, je ne sais pas d'où elle est venue, elle a peut-être été attirée par l'eau, elle nous a toujours attirés tous les deux. En tout cas, Franziska marche à côté de moi. Elle ne dit rien, elle me sourit simplement quand je la regarde, ce sourire malicieux dont je ne savais jamais vraiment ce qu'il signifiait, raison pour laquelle peut-être je l'aime tant. Elle m'adresse un petit signe de la tête, comme si elle voulait m'encourager à faire quelque chose, à dire quelque chose. Ses cheveux viennent se plaquer sur son visage, elle les écarte. Je voudrais poser ma main sur sa nuque, embrasser sa nuque. Je t'aime, dis-je. Je veux prendre sa main mais ne saisis que le vide.

Il arrive ainsi parfois qu'elle surgisse sans crier gare, sans que j'aie pensé à elle, elle me tient un peu compagnie et disparaît comme elle est venue et je me retrouve seul.

Ça fait combien de temps que je marche ? Une demi-heure, une heure ? Un scarabée noir traverse le chemin juste devant moi, je m'arrête et l'observe. C'est quelle espèce de scarabée ? Il y a des centaines de milliers d'insectes et j'en connais à peine une douzaine : les coccinelles, les hannetons et les hannetons de la Saint-Jean, les punaises, les cancrelats, les mille-pattes, les sauterelles, les abeilles et les bourdons, les fourmis… que sais-je ! Il y a tant de choses que j'ignore encore.

Couleurs mates de ce début de printemps, qui annoncent déjà les couleurs plus saturées de l'été, brise légère qui n'est pas froide mais pas chaude non plus et qui me donne des frissons sans me faire véritablement grelotter, juste une sensation à fleur de peau.

J'ai pris la passerelle et traversé la rivière. De ce côté, le chemin est un peu plus large mais moins fréquenté, à plusieurs endroits la terre est spongieuse, des flaques se sont formées, les fils à haute tension et les nuages viennent s'y refléter. À mesure que je me rapproche de la ville et de ses faubourgs, les bruits deviennent plus forts.

Chemin sans nom sur lequel j'avance ; jardins ouvriers dont certains sont déjà prêts à recevoir les plantations du printemps, alors que d'autres sont encore pris par le sommeil de l'hiver et d'autres encore complètement en jachère, sans doute à l'abandon depuis des années ; derrière : la ligne de chemin de fer et plus loin l'autoroute. Rumeur de la rivière, rumeur des autos, des camions, un sifflement aigu puis une autre rumeur à la sonorité métallique, comme une pulsation, un train qui passe. Comment décrire, fixer tout cela ?

Marcher m'a fatigué, je n'ai plus l'habitude et je m'assieds sur un banc en bois peu après la retenue d'eau. Assis au bord de la rivière, je suis submergé par l'intensité des impressions qui m'assaillent. C'est ce même sentiment de limpidité et de porosité qui vous prend quand on sort pour la première fois de la maison après une longue maladie, encore un peu affaibli, dégrisé et avec tous les sens en éveil. Je ferme les yeux, la rumeur devient plus forte, la rivière charrie davantage d'eau, elle devient plus rapide et prend une couleur ocre. Il ne pleut presque plus, et bientôt la pluie s'arrête. Je frissonne, je n'ai qu'un maillot de bain sur moi et une serviette passée autour des épaules. Le froid me fait sentir plus nettement mon corps, tout est très clair et superficiel. Je ressens un bonheur qui ressemble à un malheur.

Je ne peux m'empêcher de penser à Franziska, qui est très certainement chez elle maintenant, en train de faire ses devoirs ou bien un gâteau ou autre chose, une occupation de fille. On fait un bout de chemin ensemble en rentrant du collège. Au grand croisement, là où nos routes se séparent, on s'arrête souvent longtemps pour discuter. De quoi parlions-nous à l'époque ? J'ai l'impression qu'on ne manquait jamais de sujets de conversation. Puis l'un de nous regarde sa montre et voit qu'il est tard, nos mères nous attendent pour le déjeuner. Éclats de rire, bref au revoir.

Sur le chemin du retour, je continue de penser à Franziska, j'entends encore sa voix, son rire, les choses qu'elle dit et celles qu'elle ne dit pas. Puis le portail du jardin qui grince, le gravier qui crisse dans la tranquillité de midi. Rumeur de la ventilation, odeurs qui viennent de la cuisine, par la fenêtre ouverte on entend le top horaire à la radio, les informations de midi, la voix de ma mère, le tintement d'une casserole dans l'évier.

Quand il n'y avait pas cours l'après-midi et que je traînais sans rien faire, je pensais souvent à Franziska. Je ne pensais pas à elle, elle était simplement là, elle marchait à côté de moi dans la forêt, m'observait dans tout ce que je faisais, s'asseyait à côté de moi au bord de la rivière et jetait comme moi des cailloux dans l'eau. Elle me chatouille la nuque avec un brin d'herbe, c'est comme une timide manifestation de tendresse. Tu sais qu'on ne peut pas se chatouiller soi-même, dit-elle en passant avec un sourire le brin d'herbe sur son visage.

Étais-je amoureux de Franziska ? En classe il y en avait toujours pour dire qu'un tel était amoureux d'une telle ou qu'une telle était amoureuse d'un tel, que les deux étaient toujours ensemble, mais ça rimait à quoi ? Mes sentiments étaient beaucoup plus grands, plus troublants que ces ridicules amourettes qui s'arrêtaient aussi vite qu'elles avaient commencé. Les sentiments que j'éprouvais pour Franziska me submergeaient ; quand j'étais avec elle, j'avais l'impression d'être au centre du monde, comme s'il n'y avait que nous deux à ce moment-là et rien d'autre, pas de collège, pas de parents, pas de camarades. Mais Franziska ne m'aimait pas.

Je n'ai presque pas quitté la maison de tout l'hiver, en fait je ne sors presque plus depuis des années, depuis que j'ai été licencié, depuis ma séparation d'avec Anita, qui n'était pas vraiment une séparation. J'ai laissé tomber Anita comme j'ai laissé tomber beaucoup de choses au cours de ces dernières années, en même temps peut-être que ma dernière chance de mener une vie normale, la vie qu'on attend de vous. Mais personne n'attend rien de moi, et moi encore moins, et c'est ainsi que j'ai fini par me replier de plus en plus sur moi-même. Certains jours, je ne sors que pour aller à la boîte aux lettres ou dans le jardin prendre un peu l'air. Une ou deux fois par semaine, je vais faire quelques courses dans la petite épicerie du quartier, juste avant l'heure de la fermeture, quand il n'y a plus beaucoup de clients. J'achète les rares choses dont j'ai besoin, et chaque fois ça me fait plaisir de voir que l'épicier me dit bonjour comme si c'était la première fois qu'il me voyait. Ce que je ne trouve pas dans le magasin, je le commande sur catalogue ou sur Internet, j'aime ce monde bi-dimensionnel des achats en ligne, sans personne, les images stériles des différents produits sur fond blanc, face avant, côté, face arrière, accessoires, données techniques, votre panier.

Je vais à la banque quand je n'ai plus de liquide, chez le coiffeur quand mes cheveux partent dans tous les sens. Je ne sais plus quand je suis allé chez le médecin pour la dernière fois, mais ça fait longtemps.

Le plus clair de mon temps, je le passe à traiter les journaux et les magazines auxquels je suis abonné, je découpe les articles intéressants, je les colle, leur attribue une référence avant de les mettre dans les dossiers correspondants, travail pour lequel j'étais payé autrefois et que je continue pour moi tout seul depuis que j'ai été licencié, parce que sinon je ne saurais pas comment occuper mon temps. Même si tout le monde dit que les archives ça ne sert plus à rien, que c'est complètement anachronique à l'époque des banques de données et des recherches plein texte. Pourquoi mes chefs avaient-ils alors du mal à me céder ces archives ? La décision de tout mettre à la benne avait été rapidement prise par un quelconque membre de la direction, un de ces types dynamiques qui ne voient les gens comme moi qu'une fois par an, de loin, au moment de la fête de Noël. Mais lorsque j'ai proposé de tout reprendre et de tout installer dans ma cave, y compris les rayonnages mobiles sur rails, la direction s'est montrée méfiante et a mis des semaines à prendre une décision. Mon supérieur hiérarchique direct avançait toutes sortes d'objections, disant que ce serait beaucoup trop cher, que ma maison ne supporterait peut-être pas le poids de tous ces dossiers, se demandant si les pompiers donneraient l'autorisation pour entreposer une telle masse de papier dans une maison individuelle. J'avais suffisamment d'argent et je promis de prendre à ma charge tous les frais du déménagement. Ma cave était grande, le sol était en ciment et pouvait supporter ce poids sans problème. Du côté des pompiers, on ne parut pas vraiment comprendre tous ces scrupules. Si vous saviez ce que les gens entreposent dans leurs caves et leurs greniers, me dit en riant l'homme au bout du fil. Son rire avait comme un sous-entendu désagréable, comme s'il partageait avec moi un secret inconvenant.

Même après avoir désamorcé toutes les objections présentées par mon chef, il fallut encore des semaines avant qu'on se décide à me laisser enfin toute cette masse d'archives. Un contrat compliqué fut établi où il était question de droits d'auteur et de protection des données personnelles et où il était stipulé que je n'avais pas le droit d'utiliser ces archives à des fins commerciales ni de les divulguer en les transmettant à des tiers. Je lus plusieurs fois le contrat, chaque mot, j'ai toujours aimé les contrats, l'écriture minuscule, le papier très fin, la structure des paragraphes et cette langue étrangement alambiquée destinée à prévenir toute éventualité. On dirait parfois que les choses ne commencent à exister que lorsqu'elles sont régies par un contrat, qu'il s'agisse de mariage, de convention de travail, d'achat de maison ou de succession.

La signature des papiers fut pour moi la seule occasion de rencontrer le responsable au sein de l'équipe de direction et je vis bien qu'il me prenait pour un hurluberlu, ce qui me conforta dans mon projet.

Ces gens n'ont jamais compris le véritable but des archives, ils n'ont vu que les coûts que cela entraînait et les ont divisés par le nombre de recherches effectuées pour en conclure que ça n'était pas rentable. Mais qu'est-ce qui est rentable ? Les archives ne renvoient pas au monde, elles sont une copie du monde, un monde en soi. Et à la différence du monde réel, elles ont un ordre, tout y a une place déterminée, et avec un peu d'entraînement on peut facilement tout retrouver très vite. Voilà la véritable finalité des archives. Être là et créer un ordre.

L'installation des rayonnages mobiles fut faite par une entreprise spécialisée qui ouvrit des saignées dans le sol en béton pour y poser les rails. La maison était emplie du bruit assourdissant du marteau-piqueur, la poussière montait jusque dans les pièces du haut, fine brume que transperçaient les rayons du soleil, lumière blanche de la rénovation.

Vint enfin le grand jour où un camion s'arrêta devant ma maison, et des déménageurs transportèrent dans ma cave, avec force soupirs et jurons, les caisses remplies de dossiers. Je fus un peu effrayé de voir la masse de matériaux qui m'appartenaient maintenant et dont j'avais la responsabilité. L'excitation de la transformation et du déménagement était si grande que j'eus besoin de quelques jours pour réaliser ce qui s'était passé. Ranger les dossiers fut ensuite comme un lent processus de guérison où il fallut tout remettre en ordre pour que finalement tout fût à sa place.

C'est chaque fois une joie de trouver le bon endroit pour tel ou tel événement. Une catastrophe naturelle, le divorce d'une personnalité en vue, un projet de construction publique, un crash aérien, la situation du moment, il n'y a rien qui ne trouve sa place dans ce système, rien à quoi on ne puisse faire une place. Et une fois que quelque chose est intégré dans la hiérarchie des sujets, ça devient compréhensible et maîtrisable. Alors que quand tout est traité sur le même plan, comme sur Internet, ça n'a plus aucune valeur.

Les dossiers en rapport avec les événements du moment, qui sont complétés tous les jours et prennent du volume, sont posés sur mon bureau ou par terre, tandis que je range les autres dans les étagères de la cave jusqu'à ce qu'un sujet refasse surface et s'enrichisse de nouveaux éléments.

Actualiser les archives est un gros travail qui demande beaucoup de soin. Un article qui n'a pas été mis à sa place peut être considéré comme perdu. Et il y a certainement des centaines de ces textes qui se retrouvent orphelins, parce qu'ils ont été mis dans le mauvais classeur. Je me suis promis de reprendre un jour ou l'autre tous les dossiers afin de chercher ces papiers et les mettre au bon endroit, mais même en été, alors qu'il y a moins de pages dans les journaux et moins de sujets intéressants, le temps ne suffit pas.

La masse de travail est peut-être la raison pour laquelle je quittais de plus en plus rarement la maison au fil des années, et moins je sortais, plus cela me coûtait de l'énergie et des efforts. Après mon licenciement, c'était sans doute la honte qui me retenait de me mêler aux autres. Je ne voulais pas faire partie de ces hommes perdus dont on voit de loin qu'ils ne sont plus bons à rien, je restais donc chez moi et faisais mon travail pour moi. Le temps passant, je m'habituai à cette vie solitaire, et maintenant c'est entre mes quatre murs que je me sens le mieux, dans la maison où j'ai grandi et que j'ai réintégrée après la mort de ma mère. Quand je suis dehors, je me sens mal à l'aise et emprunté ; chez moi, je suis à l'abri des vicissitudes du monde qui ne cesse de se transformer, qui me dérange dans mes pensées et mes souvenirs, dans ma routine quotidienne.

Je me lève tous les matins à six heures et demie, je prends une douche, je lis les indications enregistrées par ma petite station-météo et les reporte dans un cahier où mon père déjà inscrivait chaque jour la température, la pression atmosphérique et le degré d'humidité. Je me fais du café et travaille dans mon bureau jusqu'à midi. Là, je ne mange la plupart du temps qu'un sandwich en écoutant les nouvelles à la radio. Je m'allonge une demi-heure, retourne dans mon bureau au plus tard à une heure et demie et continue à travailler jusqu'à six heures. Le soir, je me fais des choses simples à manger, des choses que j'ai toujours faites et que ma mère faisait déjà. Après le dîner, j'ouvre une bouteille de vin rouge, je prends un livre sur les étagères et je lis jusqu'à ce que la bouteille soit vide et que je sois assez fatigué pour m'endormir. Autrefois j'écoutais souvent de la musique, mais elle me rendait sentimental et je n'aimais pas ça. Même les chansons que chantait Fabienne me faisaient parfois monter les larmes aux yeux.

C'est vrai ? Franziska éclate de rire. Tu peux rire. Je sais bien que c'est puéril, mais quand tu évoques un amant dans une chanson, j'imagine que c'est moi dont tu te languis. Tu n'es pas le seul, dit-elle en fronçant les sourcils. Mais je ne voulais plus de ça, dis-je, alors j'ai fini par arrêter d'écouter de la musique. Entre-temps j'aime le calme de la maison qui n'est troublé que par le ronronnement du réfrigérateur, un robinet qui goutte, quelques bruits provenant de la rue ou d'ailleurs. J'aime bien cette idée que ma voix traverse ta maison, dit Franziska, elle vient du dehors, c'est le printemps, quelqu'un laisse sa radio allumée, c'est peut-être un voisin, peut-être un ouvrier sur un échafaudage, et je chante une chanson d'amour et tes yeux se mouillent. Elle rit. J'ai mis la radio. Le top horaire retentit. N'a-t-il pas été supprimé depuis longtemps ?

Il est douze heures, zéro minute. Viennent ensuite les informations.

Toutes mes journées se déroulent de la même façon, que ce soit en semaine, le week-end ou pendant les vacances. J'oublierais même mon anniversaire, si un tel ou un tel ne m'envoyait pas une petite carte en me disant de donner signe de vie. Mais je ne fais signe à personne, je ne sais pas ce que j'irais dire aux gens. Il ne se passe rien dans ma vie, et échanger des points de vue ne m'a jamais intéressé. Ça intéresse qui de savoir ce que je pense du président des États-Unis, quel est mon avis sur les relations entre la Suisse et l'UE, si je suis pour ou contre le Brexit ou l'arrêt des centrales nucléaires ? Les opinions n'ont rien à voir avec les faits, juste avec les sentiments, et mes sentiments ne regardent personne. Mon travail, c'est de rassembler et d'ordonner. Je laisse à d'autres le soin d'interpréter le monde.

Il est possible qu'à un moment donné je me sois imaginé une autre vie, qu'une autre vie ait été possible pour moi. Je n'ai pas toujours été un ermite, simplement mes tentatives pour mener une vie normale ont échoué, ça arrive, et ce n'est la faute de personne. Entre-temps je préfère vivre avec mes souvenirs plutôt que de faire de nouvelles expériences qui finalement ne conduisent à rien d'autre qu'à des souffrances.

Je n'ai pas cherché la vie que je mène, elle s'est faite comme ça, sur la base de mes aptitudes, de rencontres de hasard et d'événements fortuits. Peut-être que d'autres relations auraient changé la donne, un autre travail, des enfants.

Parfois je me demande pourquoi tout est arrivé comme ça, à quel moment les choses se sont fixées, comment je vivrais autrement, mais ça ne rime à rien de se poser ce genre de questions. Je ne suis pas en colère contre mon destin. Peut-être que les choses décisives n'étaient pas du tout celles qui se sont produites, mais celles qui ne se sont pas produites. Le reste fut l'affaire du temps qui a continué à passer et a attribué de l'importance à ce qui était petit, donnant au hasard la force de l'inéluctable. La vie que je mène n'est qu'une des nombreuses vies possibles, tout comme ce monde n'est qu'un des nombreux mondes possibles.

Je n'ai pas de souvenirs très précis de mon enfance. Je n'ai aucune raison de ne pas la considérer comme heureuse, mais quand je réfléchis aux sentiments entre lesquels j'hésitais à l'époque, c'était moins entre bonheur et malheur que quiétude et inquiétude, sérénité et appréhension, sécurité et solitude. Mon souvenir le plus précis est un sentiment permanent d'étonnement face aux choses du monde et aux lois qui le régissaient. Je ne m'égarais pas simplement sur mes chemins, souvent je ne trouvais pas d'issue à mes propres pensées et je passais beaucoup de temps à chercher de l'ordre ou à en créer, chaque fois que je pouvais. Je faisais des listes de toutes sortes de choses, mes livres préférés et mes films préférés, mes plats préférés, mes amis et mes ennemis, mes questionnements et mes arguments, simplement pour avoir une vue d'ensemble du monde qui me troublait, que je ne comprenais pas. Mais tout cela n'apportait pas beaucoup de lumière, plus mes systèmes de pensée devenaient sophistiqués, plus je me rendais compte qu'ils n'avaient rien à voir avec la réalité, et peu à peu mon étonnement sur le monde a cédé la place à la peur face à son caractère imprévisible.

Un souvenir d'enfance. C'est la veille du réveillon. Sur le chemin du collège, je passe devant un champ en jachère où poussait du maïs l'été précédent. C'est le matin de bonne heure, il fait encore sombre et froid. Le sol est gelé et je coupe à travers champs au milieu des chaumes et des sillons. Autour des lampadaires bordant la route de l'autre côté du champ, des halos se sont formés dans l'air brouillardeux, la lumière orangée des lampes à vapeur de sodium m'indique le chemin à suivre. En plein milieu du labour je trouve une bougie blanche à moitié consumée ; peut-être est-ce un enfant qui, comme moi, a coupé à travers champs, et qui l'a jetée ou perdue ici, il y a quelques jours, après le défilé des lampions. Je redresse la bougie, l'enfonce un peu dans le sol dur, l'allume. Pourquoi ai-je des allumettes sur moi ? Je me tiens là debout et observe la bougie en train de brûler, étrange rituel dont je ne saisis pas le sens et qui me paraît pourtant lourd de signification, c'est presque un sentiment religieux.

Si j'ai jamais cru à quelque chose dans ma vie, c'est bien au fait que tout a une raison d'être, même si nous ne nous en rendons compte que très rarement, et que tout ce que nous faisons a son importance, même si nous ne sommes pas capables d'en soupçonner les conséquences.

Je vais arriver en retard au collège et je n'aurai aucune explication à donner. Le professeur va en prendre son parti, il sait depuis longtemps qu'il ne sert à rien d'insister avec moi. Je reste là debout et je regarde la bougie qui se consume et finit par s'éteindre.

Je ne me souviens pas d'avoir jamais été porté, et je n'en ai d'ailleurs jamais eu envie. Très tôt déjà, je voulais marcher tout seul, qu'on me laisse tranquille. Sans doute ne me suis-je jamais fait beaucoup d'illusions sur les gens, je n'attendais rien d'eux et j'ai vite compris qu'ils me laisseraient tranquille si je répondais à leurs attentes et faisais ce qu'ils attendaient de moi. On pouvait tout me demander, mais pas une trop grande proximité. Même si j'aimais bien quelqu'un, mon maître, un camarade, un parent ou un ami de la famille, cela relevait plus d'un processus intellectuel, comme si c'était quelque chose d'interdit, de pas bien, et je veillais à n'en rien laisser paraître et à ne pas éveiller des sentiments dont je n'aurais su que faire. Personne ne semblait en prendre ombrage, il est vraisemblable que personne dans mon entourage ne remarquait quoi que ce soit. Mon seul confident, c'était moi-même, et je traitais avec moi-même comme avec d'autres dans un dialogue muet continuel. Je ne parlais pas seulement avec moi-même, je jouais pour moi des scènes, sans m'en rendre vraiment compte. Dans mon imagination, je pouvais être tout ce que je voulais, venir à bout de toutes les missions, sortir vainqueur de toutes les disputes, vaincre tous mes ennemis, gagner toutes les filles. Quand le monde ne correspondait pas à ce que je souhaitais, je le changeais dans mon imaginaire et je vivais alors davantage dans ce monde inventé que dans le monde réel.

Vu de l'extérieur je fonctionnais, je ne causais pas beaucoup de problèmes, j'étais un bon élève qui inspirait confiance, poli et pas compliqué. Certaines fois seulement, mais rarement, je perdais tout contrôle dans un accès de colère ou d'indignation ou d'auto-apitoiement, et je me mettais à tempêter et à crier sans qu'on pût me calmer, si bien que j'avais même du mal à me reconnaître. Je montais dans les tours comme un moteur qui s'emballe. Mais dans l'ensemble je n'étais sans doute pas très différent des autres enfants, car nous sommes tous bizarres pour peu qu'on se mette à y réfléchir assez longtemps.

Un souvenir d'enfance. J'avais quel âge ? Froide matinée de dimanche, réveillé tôt, je me suis tout de suite levé. Tout est calme dans la maison. Dehors il neige, le vent agite les flocons comme un rideau devant une fenêtre ouverte.

Je suis sorti et je m'engage dans la rue. La neige avale tous les bruits. S'il n'y avait pas des filets de fumée montant des cheminées, on pourrait se croire dans un monde inhabité.

Un feu dans la forêt. Le bois noirci dans la blancheur de la neige, les flammes jaunes et bleues, les braises. L'humidité s'insinue dans mes chaussures, mes pieds sont gelés. De la neige tombe d'une branche, le silence semble se transformer, la branche ainsi déchargée se relève comme au ralenti, des cristaux de neige ruissellent sur le sol. Le froid s'empare de mon corps, comme s'il ne m'appartenait plus, comme si je pouvais le toucher, tel un objet, les bras, les jambes, le tronc, la tête, les cheveux. Je pars en courant vers la maison mais quelque chose me freine, je bouge mais j'ai l'impression de ne pas avancer.

Pour mettre un peu d'ordre dans ma vie, j'édictais de nombreuses règles auxquelles je devais me tenir. Aujourd'hui encore je fais attention à ne pas marcher sur les interstices des bordures de trottoirs ou du moins d'y poser aussi souvent le pied droit que le pied gauche. Si je n'y arrive pas, j'éprouve presque un malaise physique.

Je comptais beaucoup : mes pas, les piquets de la clôture d'un jardin, les autos, les hommes et les femmes que je croisais sur le chemin du collège, les lettres de mots et de phrases sans me soucier de leur sens. Je gardais ces nombres dans la tête, certains me plaisaient et je ne cessais de me les répéter, d'autres ne me plaisaient pas, sans que je sache pourquoi.

J'aimais ordonner les choses, les emballer, j'aimais les contenants de toutes sortes, classeurs, tiroirs, petites boîtes en plastique ou en métal, bocaux avec un couvercle que l'on pouvait visser. Pendant un certain temps, j'ai bricolé des boîtes de toutes les tailles, que je recouvrais d'étoffe ou de papier imitant le marbre. J'en ai donné certaines, les autres doivent être encore quelque part.

J'aimais la régularité et j'étais agacé quand mes habitudes étaient chamboulées. Je pouvais consacrer beaucoup de temps à des travaux absurdes. Cela m'apaisait de démonter et remonter des choses. Ou simplement de les démonter et de bien ranger les différentes pièces, d'effilocher des morceaux de tissu ou des ficelles, d'enlever une à une les aiguilles des branches de sapin, les pétales d'une fleur. J'aimais bien dessiner mais beaucoup de mes dessins n'étaient rien d'autre que des surfaces que je hachurais pendant des heures avec un crayon : paysages bizarres, alignements de collines, forêts et prairies, formations de nuages. Parfois je dessinais aussi des figures géométriques complexes en trois dimensions sur les pages quadrillées de blocs de bureau ou sur du papier millimétré, rien que des travaux qui exigeaient beaucoup d'application et qu'une fois terminés je mettais dans un trieur, sans plus jamais les ressortir ni les regarder. Je dessinais rarement d'après nature, et quand ça arrivait il ne s'agissait que de petites choses, un pétale, des feuilles, des branches d'arbre, ma main.

Tu me donnes un de tes dessins ? me demande Franziska qui m'a regardé faire pendant la classe. Ce paysage de collines ? C'est où ? On ne voit aucune maison, aucune route, personne, rien que des collines boisées et un ciel couvert. J'ai collé deux feuilles ensemble pour avoir assez de largeur.

Je ne sais pas où j'ai mis le trieur, peut-être dans le grenier. Il doit bien être quelque part. Je ne l'ai sûrement pas jeté. Tu ne veux pas me le donner, n'est-ce pas ? dit Franziska. Je ne sais pas pourquoi. Ces dessins n'ont pas grande importance, je ne les regarde jamais, mais ils sont à moi. Si je les donnais, ce serait comme si je m'amoindrissais, me dispersais, me perdais. Franziska hausse les épaules et se détourne.

J'étais souvent seul, mais je ne souffrais de solitude qu'en présence des autres. Je préférais jouer tout seul ou avec des camarades fictifs qui m'obéissaient, allaient et venaient selon mon bon vouloir. Je crois qu'enfant, déjà, ce que je préférais c'était rester à la maison. Mais la maison, ce pouvait être n'importe où, à partir du moment où je n'étais là que pour moi.

Ma maison, j'ai encore du mal à l'appeler ainsi. Pour moi, c'est la maison de ma mère, même si ça fait longtemps que ma mère n'est plus là et que la maison est maintenant à mon nom. Quand j'y ai emménagé à nouveau, je n'ai rien changé, même plus tard je n'ai fait que le strict nécessaire, remplacer les tuiles cassées sur le toit, la vieille chaudière du chauffage, la machine à laver. L'installateur voulait enlever l'ancienne, mais je lui ai demandé de la laisser. Maintenant elle rouille tranquillement dans le garage.

J'aime la lente décrépitude de la maison, la peinture des volets qui s'écaille, les joints des fenêtres qui s'effritent. J'aime les toiles d'araignée dans les coins des pièces, la poussière sur les livres dont la plupart appartenaient à mes parents. J'aime l'odeur des vieilles reliures en tissu et d'une façon générale l'odeur indéfinissable de la maison, qui ne change que lentement avec les saisons. Les odeurs des saisons, encore un dossier qu'il faudrait faire.

Parfois je reste assis dans la cuisine ou par terre dans le couloir à l'étage où je jouais souvent quand j'étais enfant ou sur le lit dans ma chambre, et j'attends sans bouger que viennent les souvenirs, des voix lointaines, des images pâlies, un soupçon de sentiments, si éloignés qu'ils ne causent plus de souffrances. Les longues années pareilles les unes aux autres, tous les petits déjeuners, les déjeuners, les dîners où l'on ne parlait pas beaucoup, rien d'important. La répétition, savoir que le lendemain on se retrouverait assis au même endroit, le surlendemain, la semaine suivante et l'année suivante. À l'époque, il semblait y avoir tellement de temps, comme s'il n'y avait pas de temps.

Même dans le jardin, je n'ai pratiquement rien changé. Je tonds le gazon, je taille les rosiers et les buissons quand il n'y a plus de repousse. Je fais de la confiture avec les groseilles et les framboises, comme ma mère autrefois. Les bocaux s'empilent dans la cave, j'en fais plus qu'il ne m'en faut. Je cueille les pommes du vieux pommier, je les stocke jusqu'à ce qu'elles soient toutes ratatinées et je les mets alors au compost. Avant, j'avais quelques carrés de légumes, mais à un moment donné j'ai trouvé que ça faisait trop de travail et j'ai laissé tomber, maintenant ils sont envahis de mauvaises herbes.

Je suis dans le jardin, j'arrange la table et les chaises, j'arrache quelques mauvaises herbes dans les fissures de la terrasse, j'observe les oiseaux. Je passe dans la maison, je m'assieds sur une chaise, me lève. Je regarde les vieilles photos posées sur le buffet, mes parents, mes grands-parents, moi quand j'étais petit, puis adolescent, je n'ai jamais rajouté de photos.

Je vais dans la chambre où n'a jamais dormi personne d'autre que mes parents. Les lits sont encore faits, comme s'ils pouvaient revenir d'un jour à l'autre. Ça peut paraître fou, mais je ne suis pas fou. Je ne veux simplement pas que quelque chose se transforme, ce n'est quand même pas un crime. Résister au passage du temps, ne pas se laisser emporter par le flot des transformations. Impression que je vis dans mes souvenirs comme dans cette maison, dans un éternel présent où rien ne disparaît, où tout pâlit peu à peu, s'empoussière, se dissout.

Je dors toujours dans ma chambre d'enfant, là aussi je n'ai rien changé. Aux murs il y a toujours les posters que j'ai accrochés quand j'étais gamin, surtout des images d'animaux, l'affiche d'un festival en plein air auquel je n'ai pas assisté et une vieille vitrine murale remplie de toutes sortes de choses, des petits trésors, des petites figurines en verre coloré, une cartouche de fusil, des souvenirs de voyages de vacances, des pièces de monnaie, des insignes, une dent de requin, une boîte à musique qui joue *La vie en rose*, reliques d'une vie sans événement notoire mais où chacun a pourtant son histoire.

Quand je lis, je m'allonge parfois ici sur le lit, j'ai alors l'impression que ma mère pourrait m'appeler à tout moment ou bien monter pour me souhaiter bonne nuit et me dire de ne pas veiller trop tard. La pluie tambourine sur la fenêtre de toit.

Je n'ai jamais couché avec une femme ici, peut-être parce que j'aurais trouvé ça gênant de dormir encore dans une chambre d'enfant, peut-être parce que je ne voulais pas désacraliser cet endroit, pas troubler les souvenirs. Franziska est-elle jamais venue ici ? Est-elle venue me voir à l'époque où nous allions ensemble au collège ? Au lycée ? Je ne sais plus.

Mais évidemment que je suis venue, dit-elle, et plus d'une fois. Tu as oublié ? Je ne te vois pas ici. Tu étais assise au bureau, tu étais debout à la fenêtre ? On a fait quoi ? On était tous les deux assis par terre et on regardait des albums photos.

C'était l'époque où tu voulais devenir photographe. Tu ne te rappelles plus ? Tu m'as montré ton appareil photo et tes objectifs, les photos que tu as faites, des essais en noir et blanc, des flous, des macros, des petites natures mortes avec des punaises, des aiguilles et des mines de crayon, tu as même photographié ta brosse à dents. Elle rit. Est-ce que je t'ai photographiée une fois ? Il y avait quelques photos, tu m'en as fait cadeau, mais je ne sais pas où je les ai mises.

Franziska est assise par terre en tailleur, elle feuillette un album avec des photos d'Ansel Adams, elle se penche sur les pages pour voir les plus petits détails des photos de paysages. Son dos est arrondi, son T-shirt est sorti de son jeans, on voit sa peau nue et l'élastique de sa culotte. L'appareil est posé sur la table mais je n'ose pas le prendre et appuyer sur le déclencheur. Il faut que tu voies ça, dis-je en me tournant vers l'étagère pour y chercher un autre ouvrage. Il y a là une série de livres de poche consacrés à des photographes célèbres, Boubat, Werner Bischof, Cartier-Bresson, Brassaï, Man Ray, à côté des œuvres rangées par ordre alphabétique en édition Reclam et quelques livres spécialisés pour l'université. Mais ceux-là, je ne les ai achetés que beaucoup plus tard, tous les volumes de l'histoire universelle publiés chez Fischer et que j'ai complétés au fur et à mesure en me les procurant chez des bouquinistes. Je sors le premier volume, *La Préhistoire*, édité par Marie-Henriette Alimen et Marie-Joseph Steve. Je souffle la poussière de la tranche, feuillette le livre, lis l'avant-propos. L'étude englobe les millénaires qui vont de la première apparition de l'homme jusqu'à l'ère glaciaire. La carte de la préhistoire reste incomplète. On voit de grandes taches blanches dans l'espace et le temps. Les hominidés du début de l'âge de pierre, l'homo erectus, les néanderthaliens et les présapiens.

J'aimais ces ouvrages où des siècles, des millénaires, l'histoire de peuples et de continents entiers étaient résumés en quelques centaines de pages, même si je ne les lisais jamais. Les posséder me suffisait, cette impression d'avoir d'un seul coup d'œil toute l'histoire de l'humanité réunie sur un demi-mètre d'étagère. Lorsque je remets le livre à sa place et me retourne, Franziska a disparu.

Les années à l'université furent difficiles. J'avais quitté la maison et j'habitais une chambre meublée dans le foyer d'un hôpital. Les meubles étaient en bois clair, un lit étroit, des étagères pour les livres, un bureau d'écolier avec deux tiroirs, que je remplaçai vite par un plus grand, un vieux bureau énorme qui avait été mis au rebut quelque part. Un ami m'offrit un petit réfrigérateur qui était déjà passé par je ne sais combien de mains et que l'un des précédents propriétaires avait peint en bleu marine. Je posai dessus une bouilloire et une plaque chauffante pour ne pas être obligé d'utiliser la cuisine commune où se croisaient toutes sortes de gens qui préparaient toutes sortes de choses.

Depuis ma fenêtre, je voyais une partie de la ville et devant, à quelque distance, le bâtiment principal de l'hôpital, une bâtisse hideuse avec beaucoup d'étages et un nombre incalculable de fenêtres derrière lesquelles des gens naissaient, souffraient et mouraient. Parfois une lumière s'éclairait dans la nuit et je me demandais ce qui pouvait bien se passer, si un patient pris de fortes douleurs avait appelé l'infirmière, s'il y avait une urgence, si quelqu'un était en train de mourir ou bien si simplement quelqu'un ne pouvait pas dormir et ne supportait pas l'obscurité. En dépit des drames qui devaient se jouer dans les chambres de cet hôpital, le voir avait quelque chose de réconfortant, l'idée qu'on prenait soin des patients, qu'ils étaient en de bonnes mains, qu'on faisait tout ce qui était possible, que ce fût suffisant ou non. Je n'ai jamais été à l'hôpital de ma vie, mais depuis cette époque, ça ne me fait plus peur, j'ai l'impression qu'il s'agit d'un ultime refuge, un endroit où l'on peut se délester de toute responsabilité.

Beaucoup de ceux qui habitaient dans ce foyer faisaient les trois-huit et il pouvait arriver que je ne rencontre aucune âme qui vive pendant des jours. Même à l'université je n'avais guère de contacts, et pour la première fois je souffrais de la solitude. Ce n'était pas les échanges avec les autres qui me manquaient mais le sentiment d'être intégré, de faire partie d'un ensemble. Autour de moi, ça flirtait, riait, discutait, mais pour une raison qui reste aujourd'hui encore pour moi un mystère, je n'arrivais pas à me mêler à ces jeux. Peut-être que j'avais honte, mais je ne sais ni de quoi ni pourquoi, peut-être du simple fait d'exister.

Là où je me sentais le mieux, c'était pendant les cours ou à la bibliothèque dans la grande salle de lecture, au milieu des autres et pourtant séparé des autres, entièrement occupé à écouter ou à lire ou à rédiger un devoir.

C'était l'époque où l'histoire s'écartait des grands hommes et commençait à s'intéresser aux petites gens, aux histoires du quotidien, au domaine du particulier, à l'histoire locale. On lisait Ginzburg, Borst et Ariès, une professeure nous envoyait avec un magnétophone dans des maisons de retraite, des foyers pour travailleurs immigrés et des fermes. Je détestais ce genre d'excursions, le caractère aléatoire du matériel recueilli et l'idée qu'une foule de choses nous échappait. Je préférais de loin travailler dans le silence des salles de lecture avec des livres et des documents. À l'époque, il n'y avait pas d'écrans d'ordinateur dans les bibliothèques, juste des fichiers, mondes de papier où le temps semblait s'être arrêté, mondes qui ne grandissaient que lentement, lente inspiration. Le soir, quand la bibliothèque fermait, j'avais parfois l'impression d'être exposé, livré, renvoyé à un monde plein de dangers et d'insécurité et je filais dans la nuit qui tombait jusqu'au foyer et me repliais dans ma chambre.

Je me souviens d'un cours sur l'histoire américaine où nous avions discuté de la déclaration d'indépendance de 1776. Nous considérions certaines vérités comme allant de soi, le fait que tous les hommes étaient nés égaux, qu'ils avaient été dotés par leur Créateur de droits inaliénables touchant à la vie, la liberté et l'aspiration au bonheur. Je me souviens encore que notre professeure nous avait fait un long exposé où elle disait que pour Jefferson la notion de bonheur n'avait rien à voir avec l'épanouissement personnel mais était plutôt en lien avec la sécurité matérielle, chaque famille devant pouvoir posséder un lopin de terre et le travailler, une société de colons autosuffisants. Je les imaginais devant leur carré de terre vide comme une page blanche, qu'ils cultivaient à force de travail, y inscrivant leur propre histoire. Tout cela avait des allures d'impératif obligeant à se fixer, à fonder une famille, à avoir des objectifs, autant de choses qui m'effrayaient. Ce fut sans doute le moment où je décidai de refuser tout ça et de mener ma vie de façon aussi discrète que possible, sans être dérangé.

J'avais choisi la philosophie en matière optionnelle et pendant un certain temps j'eus même l'intention d'écrire une thèse, à une époque où ce n'était pas encore la mode de faire des études sur le terrain. J'avais lu quelque part un article sur une maladie très rare, l'analgésie congénitale, une insensibilité innée à la douleur, et je voulais écrire un mémoire sur les théories de la douleur et l'absence de douleur. Je passais beaucoup de temps à la bibliothèque, lisant et prenant des notes, plongé dans d'innombrables textes de philosophie, de psychologie et même de médecine. J'avais vaguement l'impression que cette maladie avait quelque chose à voir avec moi, même s'il ne s'agissait que d'une métaphore. Mais je ne parvins jamais à mettre en forme toute cette masse de matériaux et je finis par abandonner. Je me souviens seulement que j'avais développé toute une théorie sur la douleur comme forme primitive de la perception. Un être vivant dont la perception ne serait faite que de douleur serait obligé de vivre, telle était ma conclusion, dans un monde qui se limiterait à sa personne. Nous ne ferions l'expérience de nous-mêmes que par le biais de notre douleur, nous n'existerions que parce que nous éprouverions de la douleur, la souffrance serait l'existence.

Déjà quand j'étais étudiant, je me retrouvais rarement avec des amis, je n'allais pas souvent au cinéma ou au théâtre. Et chaque fois que je rentrais de l'une de ces sorties, je me disais que j'aurais aussi bien pu ne pas y aller.

Pendant les vacances du semestre, je cherchais des petits boulots, je travaillais dans des bureaux ou sur des chantiers et je finis par arriver dans les archives d'un journal où l'on me trouva assez supportable pour me proposer, à la fin de mes études, un emploi fixe que j'ai conservé jusqu'à mon licenciement.

Même quand je fus le plus âgé dans le service, jamais il ne me vint à l'idée de candidater pour un poste de direction. C'était la seule critique de mon chef dans les entretiens annuels d'évaluation, le fait que je n'aie aucune ambition. Mais en même temps il se plaignait des réunions à n'en plus finir auxquelles il était obligé de participer, de ses supérieurs qui exerçaient une pression sur lui, des nouvelles directives qu'il devait mettre en place, même s'il trouvait qu'elles n'étaient pas bonnes et qu'il n'en voyait vraiment pas la nécessité.

J'aimais bien la vie au sein du journal, l'atmosphère de tension dans les salles de rédaction, les télex crachant des nouvelles sur des rouleaux de papier sans fin, les journalistes qui allaient et venaient, toujours pressés, toujours en effervescence. Ce que j'aimais le plus, c'était le soir juste avant le bouclage, quand la tension montait encore d'un cran. Quand il se passait quelque chose de sérieux, une élection importante, une révélation, un scandale, même nous aux archives nous étions pris d'une sorte d'euphorie, de fièvre, et nous avions l'impression de sentir battre le cœur du monde. Mais j'aimais aussi les matins calmes, les services du week-end, quand on n'entendait que le bruit des pages de journaux que l'on tourne et celui des ciseaux avec lesquels on découpait les articles intéressants. Aujourd'hui encore, je sens l'odeur du produit avec lequel nous collions les articles avant de commencer à utiliser un ruban adhésif spécialement fait pour ce genre de travail.

Je n'ai jamais bien compris ce qui te fascinait dans cet endroit, me dit Franziska. Je l'avais invitée une fois à déjeuner et ensuite je lui avais tout montré, je lui avais même présenté mes collègues, comme si elle allait prendre un poste ici. Tu as dit à ton chef que j'étais chanteuse, que vous deviez faire un dossier sur moi. Il s'est contenté d'un sourire aimable. C'était juste avant la sortie de ton premier album, n'est-ce pas ? Ou bien, c'était après ? Ce n'était pas du tout ça. J'étais à la rédaction pour une interview, chose que je n'avais encore jamais faite, c'est comme ça qu'on s'est rencontrés. C'était une drôle de rencontre, cela faisait une éternité que tu n'avais plus donné signe de vie et au début tu étais presque distant, comme si je n'avais rien à faire dans ton univers. J'étais simplement bloqué quand je t'ai vue soudain dans l'embrasure de la porte et que le rédacteur m'a lancé : regarde un peu qui est là.

Le dossier fut pourtant créé peu après, et chaque fois qu'un ou une collègue avait entre les mains un article sur Franziska, il faisait une réflexion. Mais ce n'est pas ton ancienne camarade de classe, la chanteuse ? Elle est bien venue ici ? Vous vous voyez encore ? Puis les gens sont partis, ils changeaient de travail, de nouveaux arrivaient, et ma relation avec Franziska tomba dans l'oubli.

À la grande époque, plus de vingt personnes travaillaient aux archives, mais quand l'informatique a fait son entrée, de plus en plus de gens ont été licenciés, le service iconographie fut rattaché au service documentation, ça aussi notre chef a dû nous l'apprendre et décider qui allait rester et qui allait partir. Je n'aurais pas été fait pour un tel travail. J'étais content de faire toujours la même chose, lire, trier et mettre de l'ordre.

Il n'y a presque plus de voitures qui passent devant ma maison et je ne vois plus guère que des piétons quand je suis assis à la fenêtre en train d'observer les oiseaux près de leur mangeoire. J'aurais pu arrêter depuis longtemps de donner à manger aux oiseaux, mais je continue jusqu'au début de l'été, j'aime bien les observer, j'aime bien leur compagnie, surtout maintenant que le monde semble plongé dans un profond sommeil. Il n'y a même plus d'enfants qui jouent dehors et c'est devenu très calme. Quand la pluie s'arrête, je fais une liste de tout ce qui manque et je sors plus tôt que d'habitude avec mon sac à dos.

Je suis le seul client dans l'épicerie. Le propriétaire fait quelques remarques enjouées sur la situation dans le monde. Je vais pour lui tendre l'argent mais il secoue la tête et me montre une sorte de soucoupe à côté de la caisse. Je me demande ce que ça signifie, mais je ne dis rien, je pose l'argent dans la soucoupe, prends la monnaie qui m'est rendue et l'empoche. Pendant que je mets mes courses dans mon sac à dos, le commerçant disparaît entre ses étagères, sans un au revoir.

Dehors il n'y a pas un chat. C'est peut-être la raison qui explique qu'après des mois passés sans bouger je ressente l'envie de faire une promenade. Au lieu de rentrer chez moi, je prends l'autre direction et descends la colline. Même sur la route principale il y a peu de circulation, et lorsque j'arrive à la rivière et m'engage sur le chemin qui mène vers le haut de la vallée, je suis tout seul.

À côté des restes d'un feu, quatre piques sont appuyées contre un arbre. Quelqu'un a sans doute fait griller des saucisses et laissé les piques pour les prochains randonneurs. En bas près de l'eau, je découvre les vestiges d'un petit monde fait de brindilles et de pommes de pin, il y a aussi des brins d'herbe et quelques fleurs fanées, de petits coussins de mousse, un motif en petits cailloux, qui devait avoir quelque signification pour l'enfant qui l'a fait puis laissé ici. Tout sera emporté par la prochaine pluie.

Je m'assieds sur le talus, le paysage s'estompe, je ferme les yeux. Des images remontent dans la rumeur de l'eau. Franziska et moi dans le lieu de baignade aménagé en bordure de la rivière, parfois au bord de l'un des petits lacs de la région où nous allions nous baigner. Nous y allions à bicyclette. C'était une journée pluvieuse, mais cela ne nous détournait pas de notre projet, nous adorions l'eau tous les deux et ne pouvions lui résister. Le petit lieu de baignade aménagé au bord du lac était fermé et nous nous sommes changés derrière la cabane avec les cabines, nous tournant le dos mais si près l'un de l'autre que je croyais sentir les mouvements de Franziska et la chaleur de son corps. Nous courûmes jusqu'à la rive et nous précipitâmes dans l'eau qui était plus chaude que dehors. Nous nagions très loin, vite et sans parler, comme si nous avions un but à atteindre. Quelques canards voletaient au ras de l'eau ou étaient-ce des grèbes huppés ? Sinon il n'y avait absolument personne.

L'eau était sombre, presque noire, près du bord je sentais les longues lianes des plantes aquatiques qui montaient ici jusqu'à la surface et glissaient le long de mes jambes. À chaque mouvement, je plongeais la tête sous l'eau. Je gardais les yeux ouverts et voyais à travers l'eau trouble le corps de Franziska devant moi, claire apparition.

Elle plonge, je la suis dans l'obscurité. Soudain l'eau devient limpide et dans le reste de lumière je vois sa silhouette fine, ses mouvements tranquilles et puissants avec lesquels elle gagne les profondeurs. Elle se retourne, comme si elle m'attendait. Elle sourit et de la main me fait signe d'approcher. Ses cheveux flottent autour de sa tête, on dirait de longues herbes aquatiques. Je suis maintenant à côté d'elle. Elle prend ma main, m'attire tout près d'elle, et nous nous embrassons. Les bulles d'air montent de nos bouches ouvertes, de nos maillots, j'ai l'impression d'entendre l'écho de son rire. J'essaie de saisir Franziska, mais son corps m'échappe. Elle prend ma main et m'entraîne encore plus bas dans l'obscurité et le froid, dans les profondeurs en dessous de nous. Hors d'haleine, j'ouvre les yeux. Sur la rive d'en face, un homme passe avec son chien.

Une seule fois, nous nous sommes vraiment embrassés, Franziska et moi, à l'un de ces fameux carrefours où chaque jour nos chemins se séparaient. C'était après la fête de fin d'année, après le bac. J'avais décidé d'avouer enfin mon amour à Franziska, même si j'avais du mal à me l'expliquer à moi-même. Nous étions au carrefour, minuit était passé, nous étions sans doute fatigués tous les deux, nous ne savions plus de quoi nous pouvions encore parler mais n'avions pas envie non plus de rentrer chez nous. Après un long silence, je prononçai les phrases que je lui avais déjà dites en pensée des milliers de fois. Je t'aime. Je peux t'embrasser. Je parlais si doucement et de façon si indistincte qu'elle ne comprit pas tout de suite ce que je lui disais. Qu'est-ce que tu as dit ? Ce ne fut qu'à cet instant, en répétant obstinément les mêmes paroles, comme apprises par cœur, que je sentis à quel point elles sonnaient faux, à quel point elles étaient insuffisantes. C'était comme si je réduisais tout ce qu'il y avait de merveilleux et de mystérieux dans ce que je ressentais pour Franziska à ces quelques mots stupides qui n'avaient cessé d'être utilisés et galvaudés, encore et encore. Il y eut un bref silence, puis Franziska dit, tu peux m'embrasser mais je ne suis pas amoureuse de toi. Et le bonheur de l'embrasser s'abîma dans le malheur de ne pas être aimé d'elle et de savoir en secret que je ne méritais pas son amour et que je ne le mériterais jamais.

Presque quarante ans après, je peux encore me souvenir avec exactitude de ce moment, des mots que nous nous sommes dits, de l'endroit où c'est arrivé. Je peux me souvenir de Franziska, de son sourire et de sa brève hésitation et même de notre baiser qui, en dépit de sa brièveté, fut plus qu'amical, il n'y a que moi dont je ne me souviens pas. Sur les images du passé, il y a, aux endroits où je devrais être, un flou, un vide. C'est comme si le garçon de cette époque n'était que la perspective de mes souvenirs mais pas un être vivant.

Je sais encore à quel point mon amour pour Franziska était grand, bouleversant, mais les sensations deviennent de plus en plus ténues, et je crains qu'elles ne se réduisent un jour à une simple déclaration, comme des serments dans d'anciennes lettres que l'on relit avec étonnement.

Il y a encore une phrase, je ne sais pas qui l'a dite, moi ou Franziska, ou si c'est une création de mon souvenir. Je ne t'aime pas, parce que je t'aime. Tu veux dire quoi ? demandai-je. Mais tu l'as dit, dit Franziska en riant.

Deux canards nagent à contre-courant et traversent avec de brefs battements d'ailes l'endroit où affleurent les pierres. Bruit des oiseaux en vol, là aussi il faudrait que je fasse un dossier.

Dans le couloir juste à côté de la porte d'entrée, sous le vieux portemanteau, se trouve un grand carton plein de trieurs vides d'un jaune grisâtre, je les achète chez le grossiste où se fournissait aussi le journal. J'en sors deux et j'écris dessus Bruits de l'eau et Bruits des oiseaux en vol, et je les ajoute à la pile posée sur le bureau où s'entassent déjà une douzaine de trieurs identiques tous marqués mais tous vides. Je ne sais pas comment les remplir, je n'ai jamais fait que collecter, trier, ordonner ce que d'autres ont vécu et écrit.

Je descends à la cave où se trouvent mes dossiers, feuillette le thésaurus où le monde entier est classé en sujets, rubriques et sous-rubriques, avec un système de numérotation sophistiqué. Arts et divertissements. Musique. Principes, Formes, Ensembles, Voix, Instruments, Traditions musicales, Musique vocale. Formes du monde. Chansons de variété occidentale. Biographies. C'est là que se trouve le dossier de Franziska, ou Fabienne comme elle s'est appelée plus tard. À l'origine il y avait un registre séparé pour les noms de personnes, mais je l'ai progressivement intégré au reste en trouvant pour chaque personne la bonne place dans ce système, hommes politiques, artistes, sportifs, cela m'a pris des semaines et a exigé des décisions difficiles.

Je prends le dossier de Franziska, le soupèse. Il fait sûrement au moins deux kilos, je dois le tenir à deux mains tellement il est épais. Je le remonte dans mon bureau, le pose sur la table et le regarde longuement. Fabienne, tel est le nom du dossier. À un moment donné, alors que les archives m'appartenaient déjà, j'ai écrit en dessous Franziska avec, entre parenthèses, sa date de naissance, le 19 mai 1965. J'ai laissé ensuite un espace libre pour une autre date.

Les jours passent. Ça fait combien de temps que le monde est silencieux ? Le temps ne semble plus jouer aucun rôle. Je sors davantage maintenant, et bientôt tous les jours. Je marche dans les rues désertes et je m'habitue lentement à me déplacer dans des espaces publics. Quand je vois quelqu'un arriver dans l'autre sens, ce qui se produit rarement, je l'évite, je prends une autre direction chaque fois que c'est possible ou je fais demi-tour. Je ne suis pas obligé d'aller à un endroit précis, que j'aille ici ou là, peu importe. Au bout d'une semaine, j'ai déjà du mal à imaginer comment j'ai pu tenir si longtemps dans ma maison, mais je remarque que mon humeur est plus instable qu'auparavant, parfois je suis fou de bonheur, presque euphorique, et brusquement, quand je suis dehors, je suis saisi par la peur, j'ai du mal à respirer et j'ai des vertiges. Je suis obligé de m'accrocher à quelque chose, un arbre ou le poteau d'un lampadaire, le piquet d'une clôture de jardin jusqu'à ce que ça passe et que je puisse rentrer chez moi. Une fois arrivé, je reste terré dans ma cave pendant des heures jusqu'à ce que je retrouve mon calme. Je suis pris d'une soudaine fureur, je hais ces archives qui me font penser à des oubliettes où je me suis moi-même enfermé. Une fois, il s'en faut de peu que je jette tous les dossiers hors des rayonnages et les piétine, mais ça changerait quoi ?

Cette nuit-là, je rêve que tout brûle, toutes mes archives, la maison, toutes mes affaires, mais ce n'est pas un cauchemar. Personne ne vient éteindre l'incendie. Je me tiens devant la maison en flammes, dangereusement près, pourtant je ne sens pas la chaleur du feu, je ne sens pas la fumée qui monte vers le ciel en une colonne épaisse. Je sens le lilas qui, cette année, fleurit beaucoup plus tôt que d'habitude.

J'ouvre le dossier de Franziska, une grosse liasse d'articles, d'interviews, de critiques et même quelques textes qu'elle a rédigés elle-même. Plus de trente ans ont dû passer depuis ses premiers spectacles, depuis qu'elle s'est produite en public, une jeune fille avec une belle voix et de grandes attentes.

Cela peut paraître étrange, mais je ne mets pratiquement jamais le nez dans mes dossiers, qu'ils soient là et actualisés me suffit. Même le dossier sur Franziska, je ne l'ai jamais regardé, comme on ne regarde pas les jours que l'on a passés avec un être aimé. On les vit l'un après l'autre et chaque nouveau jour prend la place du précédent, se pose sur lui, nouvelle couche de sédiment des souvenirs. Au moment où j'ouvre le dossier, j'ai l'impression de commettre une indiscrétion, de ne pas en avoir le droit. Je ne sais pas ce que je cherche. Mes souvenirs de Franziska qui pâlissent lentement ? Mais peut-être que ce ne sont pas les images d'elle qui pâlissent, peut-être que c'est moi qui deviens de plus en plus transparent, qui perds en énergie vitale jusqu'au moment où je ne ferai que continuer ma vie faute d'avoir l'énergie de mettre fin à tout ça.

Les derniers articles se rapportent au cancer du sein de Franziska. Pendant sa maladie, elle n'avait rien laissé paraître, elle avait continué comme si de rien n'était en faisant preuve de beaucoup de volonté et d'énergie, elle s'était acheté une perruque et avait fait des concerts et donné des interviews où il était question de tout, sauf de sa maladie. Ce n'est qu'après avoir surmonté son cancer qu'elle s'est exprimée avec une franchise et une vaillance que l'on attend des gens en vue. Mais même au cours de ces entretiens où il était question de son corps, de ses souffrances, de ses peurs, elle donnait étrangement l'impression d'être absente, comme si sa maladie n'était qu'un spectacle de plus qu'elle donnait avec son professionnalisme habituel. Je me demande si ça venait d'elle ou des journalistes, si le public s'intéresse d'une façon générale à ce qui se cache derrière cette façade, derrière ce visage maquillé, ce sourire figé. Et si quelque chose se cache effectivement derrière.

C'était il y a quatre ans, puis ce fut le silence autour de Franziska, comme si la maladie l'avait vaincue après qu'elle l'avait surmontée. Pas de nouvel album, pas de concerts, pas de nouvelle relation, pas même un de ces articles où les journalistes se demandent ce qu'est devenue telle ou telle personnalité dont on n'a plus entendu parler depuis longtemps. Après toutes ces années où j'avais recueilli le moindre petit article sur Franziska, son retrait m'apparaissait comme une trahison.

Je me souviens de toutes ses relations que la presse à sensation suivait du début jusqu'à la séparation, de son mystérieux premier petit ami dont elle ne révélait même pas le nom aux journalistes et qui disparut bientôt de la surface de la terre, remplacé par le suivant, un producteur de musique qui l'avait découverte et s'était occupé de sa carrière durant les premières années. Puis étaient venus le foot-balleur, le chanteur avec qui elle faisait des duos avant de le mettre dans son lit, et tous les autres sur lesquels on n'avait que des rumeurs. Qui est cet homme au côté de Fabienne ? A-t-elle un nouveau prétendant ? Est-ce sérieux ou un simple flirt ? Je feuillette les articles, lis les titres, Faire la grasse matinée c'est comme des vacances pour moi, Le succès provoque du stress, L'amour est venu par SMS, La solitude d'une star de variété, Je n'ai rien à perdre.

Après chaque rupture, Franziska prétendait qu'elle avait passé le cap de l'amour, qu'elle pouvait très bien vivre sans homme, se débrouiller toute seule et que la vie de célibataire lui convenait parfaitement. Pour moi c'étaient chaque fois des moments pleins d'espoir, jusqu'à ce qu'un nouvel homme apparût à ses côtés. J'attendais quoi ? Qu'elle m'appelle au bout de dix, vingt, trente ans pour me dire qu'elle s'était trompée à l'époque, qu'elle m'aimait en fait et m'aimait encore, que j'étais l'amour de sa vie comme elle était l'amour de ma vie ? Évidemment que non. Je crois qu'il me suffisait de savoir qu'elle était seule comme moi.

Je regarde les articles les plus anciens, Rencontre dans un café, brève interview avec Fabienne qui présente ce soir son premier album au Palais de la Mutualité. Je suis qui je suis. Étrange titre. Je me demande si c'est une allusion consciente aux Saintes Écritures, si elle a remarqué, si j'ai remarqué cette allusion à l'époque. Je démarre mon vieux PC et je trouve vite la citation, Exode 3,14. Moïse demande son nom à Dieu et celui-ci répond, Je suis qui je suis. Dis à ton peuple que Je-suis m'a envoyé vers vous.

La traduction de ce passage semble controversée, dans les résultats de mes recherches je trouve toutes les variantes et tous les commentaires possibles et imaginables. Dans l'un d'eux, je lis que la bonne traduction devrait être : Je suis qui je serai. Dans un autre : Je suis l'être. C'est une définition bien modeste que Dieu donne de lui-même, non pas le Créateur tout-puissant, le Maître du monde, le Père éternel, simplement Celui qui est, Celui qui est là. En fait cette qualification pourrait très bien s'appliquer aussi à moi, du moins en ce qui concerne ma relation avec Franziska, j'ai toujours été là, non comme acteur jouant un rôle, simplement comme celui qui observe et accompagne de loin. Pourtant j'espérais en secret que Franziska pût sentir que j'étais là, que je pensais à elle, qu'il y avait un lien invisible qui nous reliait, même si l'on ne s'était pas revus pendant plusieurs dizaines d'années. Elle surgissait dans mes pensées, me parlait, commentait ce que je faisais, me tenait compagnie, m'encourageait, plaisantait avec moi. Puis nous nous regardions en silence, nous nous prenions dans les bras, nous nous embrassions et nous aimions. Évidemment c'était absurde, mais l'idée que j'étais près d'elle comme elle était près de moi était un réconfort.

Je vais chercher un trieur jaune dans le couloir et j'écris dessus, Celui qui est, et je le pose sur la pile des trieurs encore vides.

Cette première interview était assez banale, Franziska tentait d'esquiver les questions indiscrètes du journaliste avec un humour forcé. Ce qu'elle ne ferait jamais, même pour de l'argent ? Ce qui était sacré à ses yeux ? Avec qui elle aimerait passer une nuit ? Où préférait-elle qu'on la touche ?

Est-ce qu'elle était avec quelqu'un en ce moment ? demanda aussi le journaliste, elle répondit oui sans en dire plus. Ce devait être son mystérieux premier petit ami, il est aussi mentionné dans certains autres articles, mais on dirait que personne ne l'a jamais vu ou n'en sait davantage à son sujet, sauf qu'il existait. Je me demande qui ça pouvait bien être. À l'époque, nous passions beaucoup de temps ensemble et parlions de tout, cela me blesse qu'elle ne m'en ait jamais parlé. Mais peut-être voulait-elle simplement me ménager parce qu'elle devinait que j'étais encore amoureux d'elle. Franziska avait toujours été discrète quand il s'agissait de sa vie intime, elle n'avait jamais accepté de reportages sur sa vie privée ou étalé ses problèmes de couple en public, mais on connaissait au moins le nom de ses autres hommes et il y avait des photos où elle apparaissait avec eux en public. Il lui arrivait quelquefois d'aborder des sujets personnels, comment elle avait passé Noël ou ses vacances. Je lis quelques interviews plus récentes, mais elles ne tardent pas à m'ennuyer. Franziska savait rester vague, elle donnait aux journalistes ce qu'ils voulaient, sans dire pour autant de choses importantes ou qui en auraient trop révélé. Chacune des heures que j'avais passées avec elle m'en avait plus appris sur elle que tout ce fatras de papiers.

Il serait temps que je commence à me faire à manger, mais je n'ai pas envie et je n'ai pas faim. Je n'écoute même pas les informations du soir, j'ai de plus en plus l'impression d'avoir déjà tout entendu quelque part et de me déplacer sans fin sur un ruban de Möbius, sans la moindre chance d'y échapper. Parfois le soleil brille, parfois le ciel est couvert, parfois il fait froid, parfois chaud, je ne peux rien y faire. J'ouvre une bouteille de vin, enfile une veste chaude et vais m'asseoir dans le jardin derrière la maison. Le ciel est clair, il n'a pas plu depuis des semaines, c'est presque la pleine lune. Rarement la lune est aussi près de la terre, dit le journal, et effectivement elle fait plus grosse que d'habitude, une taille presque inquiétante. Depuis des jours j'éprouve une sorte d'appréhension, comme si j'étais menacé par quelque chose ou quelqu'un.

Nous n'avons jamais parlé, ni Franziska ni moi, de notre baiser, ni de mon amour pour elle. Mais notre relation a pris ensuite une autre tournure, elle est peut-être même devenue plus étroite. J'étais heureux de pouvoir être près d'elle, et elle semblait apprécier ma présence. Nous allions ensemble au lycée et nous passions même souvent notre temps libre ensemble. Je savais que Franziska aimait chanter et qu'elle chantait bien, je savais aussi qu'elle prenait des cours de chant, mais elle ne parlait pas de ses ambitions.

Après le bac elle a commencé des études d'infirmière à l'hôpital local, je suis parti à l'université. On se voyait plus rarement, nous avions tous les deux assez à faire pour nous adapter à nos nouvelles conditions de vie et nous y retrouver. À moins que l'étudiant soit mieux entouré à l'université, dit Franziska. Toutes ces jolies étudiantes venues de la bonne société. Fini la petite infirmière. Ce n'est pas vrai, dis-je indigné, je ne t'ai pas oubliée. Mais tu ne faisais pas trop d'effort non plus pour me voir, dit-elle.

La plupart du temps on se voyait pendant les congés, quand on rentrait chez nous et qu'on commençait à étouffer, on se retrouvait alors dans notre bistrot d'autrefois. On buvait des bières, on faisait un flipper et on parlait. Dans le café c'était bruyant, l'air était enfumé. Une fois, on a passé la Saint-Sylvestre ensemble, tu te rappelles ? dit Franziska. On a fait la cuisine dans le foyer où tu habitais. Moi et quelques collègues, il y avait aussi un ami à toi, comment il s'appelait déjà ? Walter ? À minuit on est montés sur le toit, il neigeait, on voyait toute la ville en contrebas et le lac et les feux d'artifice que les gens tiraient dans leurs jardins. J'avais complètement oublié, mais maintenant ça me revient. Il faisait un froid de canard et j'étais follement amoureux de toi. Tu as passé la nuit chez une amie, je vous ai raccompagnées. Ensuite je suis rentré tout seul dans mon foyer, tard dans la nuit, dégrisé par le froid de mon bonheur.

Quand on se retrouvait, je ne parlais pas beaucoup de ma vie à l'université et Franziska parlait à peine de l'hôpital, à la place nous évoquions de vieux souvenirs, nous parlions de nos anciens professeurs et camarades de classe, comme si leur vie nous intéressait davantage que la nôtre. Je fus étonné quand Franziska me dit qu'elle allait chanter quelques chansons à la fête de fin de stage et qu'elle m'invitait.

Avant qu'elle entre en scène, j'étais avec elle dans les coulisses, elle avait le trac comme si elle allait chanter à la télévision devant des millions de téléspectateurs et j'essayai de la tranquilliser. Je lui dis merde et elle me dit : tu es mon porte-bonheur. Puis elle chanta quelques chansons de Barbara, des choses difficiles et mélancoliques qui ne me semblaient pas aller avec elle et me touchaient d'autant plus. J'étais au bord de la scène, derrière le rideau, et je ne voyais Franziska que de côté, mais elle me semblait plus belle que jamais, peut-être pour la première fois adulte et forte, et en même temps fragile. Elle chantait l'amour et la peine, l'accomplissement et la perte, comme si elle était déjà passée par là, et c'était comme si cette sombre attente la rendait plus belle que n'importe quelle souffrance.

Les applaudissements furent assez clairsemés et plus tard devant le buffet j'entendis quelques collègues de Franziska lui casser du sucre sur le dos. L'une disait que la musique n'allait pas, ce truc mélancolique, on n'était quand même pas à un enterrement, une autre dit que Franziska se prenait sans doute pour une grande star et qu'elle aurait mieux fait de réviser davantage pour son diplôme de fin de stage. J'aurais dû prendre sa défense, mais je ne le fis pas et restai à l'écart, affecté et peiné. Je ne sais pas si Franziska eut vent de cette hostilité, elle fut étrangement absente pendant tout le reste de la soirée et plus grave que d'habitude. Lorsque, après le repas et les différentes allocutions, on mit de la musique pour danser, elle me dit qu'elle allait rentrer et me demanda si je voulais l'accompagner.

Mes études traînaient en longueur sans que je puisse dire pour quelle raison. Je gaspillais mon temps sans arriver à grand-chose ni entreprendre quoi que ce fût. Franziska avait accepté un poste à l'hôpital universitaire et nous nous retrouvions plus fréquemment. On allait à des concerts ou au cinéma, on discutait presque des nuits entières, mais nous ne parlions jamais relation, comme si nous n'étions pas encore prêts pour ça.

Franziska me semblait plus adulte que moi. Elle habitait dans un petit studio, elle s'était acheté une voiture d'occasion, une 2CV, qu'elle conduisait comme une casse-cou. De temps en temps elle donnait des concerts dans des petites salles de province. Je la conduisais dans sa voiture, l'aidais à mettre les choses en place, m'occupais même parfois du son quand ce n'était pas trop compliqué ou contrôlais les billets d'entrée et la ramenais ensuite jusque chez elle, tard dans la nuit, alors qu'elle était encore sous le coup de son spectacle. Quand quelqu'un du public devenait trop insistant, je m'interposais et maintenais les gens à distance, pendant que Franziska disparaissait dans sa loge. Si les concerts étaient trop loin, nous passions la nuit dans de petits hôtels ou des pensions, il nous est même arrivé une fois, pour économiser de l'argent, de partager la même chambre et de dormir comme frère et sœur.

L'organisateur nous avait apporté la clef parce que l'auberge n'était ouverte que jusqu'à dix heures du soir. C'était quelque part dans le sud de l'Allemagne, en Forêt-Noire, je crois. Il nous avait décrit le trajet avec précision, mais il nous fallut malgré tout beaucoup de temps avant de trouver l'endroit en pleine forêt. C'était un établissement avec une grande terrasse un peu décatie et quelques chambres au-dessus de la salle de restaurant. L'entrée de nuit était située sur le côté du bâtiment. Nous n'avions pas trouvé l'interrupteur et avions grimpé les escaliers à tâtons. Franziska me prit par la main et passa devant, je ne pouvais m'empêcher de penser à Hänsel et Gretel perdus dans la forêt. Non, dit Franziska, nous sommes Frérot et Sœurette. Frérot se transforme en chevreuil et chaque fois que les cors de chasse retentissent, il veut aller dans la forêt. Il veut aller à la chasse, alors que c'est lui la proie. Un jour il est blessé, mais le lendemain il ne peut s'empêcher de retourner à la chasse. N'est-ce pas à la fois beau et terrible ? Tu as toujours eu peur de la chasse, dit-elle, n'est-ce pas ? Je suis Frérot et tu es Sœurette. Et elle rit de son rire qui me donne le vertige.

Dans la chambre il n'y avait que de vieux meubles en mauvais état, un grand lit, un canapé défoncé qui semblait venir tout droit d'une déchetterie et une commode avec un miroir. Le chauffage était au minimum, il faisait froid et humide et il y avait une odeur bizarre. Franziska trouvait tout ça très drôle, alors que c'était plutôt déprimant, elle plaisantait et riait sans arrêt. Nous parlions à mi-voix, alors que nous étions presque certains d'être les seuls clients, et même sans doute les seules personnes dans tout le bâtiment. Il y a peut-être des loups ici, dit Franziska en me regardant avec de grands yeux, elle était un peu éméchée. Pourquoi tu as de si grands yeux ? demandai-je. C'est pour mieux te voir. Et pourquoi tu as une si grande bouche ? me demanda-t-elle en me faisant un clin d'œil.

Nous avions rapporté du concert une bouteille de vin rouge entamée, dans la salle de bain nous trouvâmes deux gobelets dans une protection en plastique. Je remplis les gobelets et nous trinquâmes. À ton succès, dis-je, puisse-t-il durer longtemps. Dommage que tu ne joues pas du piano, dit Franziska, sinon tu aurais pu m'accompagner et nous pourrions partir en tournée ensemble. Elle vida son gobelet d'un seul trait et dit qu'elle allait à la salle de bain. Peu après j'entendis le bruit de la douche. J'eus l'impression que ça durait une éternité jusqu'à ce que Franziska sorte de la salle de bain, elle ne portait qu'une culotte et un T-shirt. J'étais toujours assis, elle s'allongea à côté de moi et posa sa tête sur mes genoux. Je suis exténuée, dit-elle en souriant, son visage vu ainsi d'en haut, à la perpendiculaire, était tout différent de d'habitude, elle faisait plus jeune et plus ouverte, je ne sais pas à quoi. J'écartai une mèche qui barrait son visage, caressai ses cheveux. D'un doigt, je dessinai le contour de son oreille. Elle ne portait pas de soutien-gorge, ses tétons pointaient sous la fine étoffe de son T-shirt. Qu'est-ce que tu regardes ? dit-elle en souriant. Dans mon souvenir, je caressais très doucement ses seins, son ventre, mais est-ce vraiment possible ou est-ce pure imagination de ma part, tellement j'en avais envie ? Nous nous taisions. À un moment donné, Franziska s'est levée et a dit qu'elle avait froid, qu'elle allait au lit. Tu viens aussi ?

J'allai dans la salle de bain, me lavai et me brossai les dents. Puis je restai un long moment debout à me regarder dans le miroir, je ne sais pas ce que j'attendais. Je retins mon souffle et tendis l'oreille pour voir s'il y avait du bruit dans la pièce à côté. Lorsque je revins enfin dans la chambre, Franziska s'était endormie. Je m'allongeai près d'elle. Sans se réveiller, elle se rapprocha et se pressa contre moi.

J'ai souvent repensé à cette fameuse nuit dans l'auberge au milieu de la forêt, m'imaginant tout ce qui aurait pu se passer si j'étais sorti plus tôt de la salle de bain. Franziska avait peut-être attendu que je fasse le premier pas. Elle avait dit qu'elle ne m'aimait pas, mais ça remontait à des années, nous étions encore des enfants, les sentiments peuvent changer. Après l'avoir reconduite chez elle, le lendemain, j'écrivis une lettre, mais en la relisant, elle me parut si confuse et floue que je la jetai. Ou l'ai-je gardée ? Je ne sais plus. Je sais seulement que je n'ai jamais été aussi amoureux de ma vie qu'à cette époque, mélange de bonheur et de désespoir.

Parfois, quand je retrouvais Franziska, j'avais du mal à respirer, il m'est même arrivé de pleurer, après que nous nous étions vus. Maintenant je trouve ça fou de pleurer pour une femme, mais je ne suis pas certain de savoir si c'est un signe de maturité ou d'indifférence. La dernière fois que j'ai pleuré, c'était après la mort de ma mère.

Qu'est-ce que j'écrirais à Franziska aujourd'hui ? Je t'ai toujours aimée ? Toute ma vie je t'ai attendue ? Non, pas attendue, j'étais toujours là, même quand nous ne nous sommes plus jamais vus. C'est peut-être une bonne chose que nous ne nous soyons pas mis ensemble, une relation n'aurait pas pu suffire à mon amour et elle n'aurait pu que l'abîmer, l'user comme s'use un objet ou un mot à force d'être utilisé. Pourquoi t'avoir aimée toi en particulier ? Je ne sais pas. Je suis aussi peu capable de te l'expliquer aujourd'hui qu'il y a presque quarante ans, quand nous nous sommes embrassés, quand tu m'as dit que tu ne m'aimais pas. Je n'ai pas pris une once de jugeote, j'ai simplement pris de l'âge.

J'ai ouvert une deuxième bouteille de vin, qu'est-ce que ça peut faire ? Il fait sombre dans le jardin, la lumière des lampadaires est contenue par la maison. Il y a un bruit quelque part, peut-être un hérisson. Les hérissons sortent si tôt dans l'année ? Je ne sais pas. Est-ce que j'ai un dossier sur les hérissons ? Je ne sais pas. Il y a tant de choses que je ne sais pas.

Une fois au lit, il me vient une idée complètement folle. Ce fameux premier petit ami de Franziska dont on n'a jamais su le nom, c'était moi. Plus j'y pense, plus j'en suis sûr. Elle me l'aurait sûrement dit si elle avait eu quelqu'un d'autre, l'un de nos amis me l'aurait révélé, je m'en serais forcément rendu compte. Il l'aurait accompagnée à ses concerts, mais il n'y avait jamais personne d'autre que moi. Ou bien, en prétendant qu'elle avait un ami, ne faisait-elle que se protéger des cinglés qui étaient tombés amoureux de son visage ou de sa voix. Dès le début, j'ai reçu des lettres d'amour, dit Franziska, des lettres bizarres d'hommes qui faisaient comme s'ils me connaissaient. Certains m'écrivaient leurs fantasmes sexuels, d'autres me faisaient une proposition de mariage, ils m'écrivaient qu'ils avaient beaucoup d'argent, l'un m'a envoyé une photo de sa maison et de sa voiture. Ces lettres me faisaient peur, même si la plupart étaient parfaitement inoffensives.

En fait je n'étais moi aussi qu'un cinglé parmi d'autres qui déclaraient leur amour à Franziska sans vraiment la connaître. Combien de lettres ai-je écrites, sans lui envoyer ? Ai-je encore ces lettres ? Ai-je un dossier sur l'amour, sur mon amour ? Où est-ce que je le mettrais ? À la rubrique Sociologie et anthropologie, Interaction sociale ? Ou bien à la rubrique Médecine et santé, Maladies, Troubles psychiques ?

Les pivoines commencent à sortir. Les plants doivent avoir au moins cinquante ou soixante ans, peut-être plus, ils étaient déjà là quand j'étais petit. Je les arrose, ils sont robustes, mais la sécheresse est vraiment exceptionnelle cette année. Est-ce que j'ai un dossier sur les pivoines ? Ça m'a toujours dérangé que les jardins, les plantes d'ornement soient rangées dans la rubrique Agriculture et pas dans les Arts comme l'architecture paysagée ou au moins comme les autres plantes à la rubrique Histoire naturelle. J'ai déjà pensé à les ranger autrement, mais ça bousculerait tout le système. Je ne peux pas tout chambouler, simplement parce que je ne suis pas d'accord avec le thésaurus. Il a été élaboré il y a bientôt un siècle et demi et il est utilisé partout dans le monde. Il peut être élargi à l'infini, mais on n'a pas le droit de le modifier.

Il faudrait que je me remette au travail, mais ça fait longtemps que je n'ai plus vraiment envie. Les journaux et les magazines en attente s'entassent par terre dans mon bureau et ça va prendre des semaines avant que j'aie tout trié, mais même cette idée n'arrive pas à me faire bouger.

Je ne sais plus pourquoi j'ai postulé pour une année à l'étranger, je pensais peut-être que je ne pourrais pas être plus malheureux à Paris qu'ici. Ou bien est-ce que je voulais m'éloigner de Franziska ? Est-ce que je pensais pouvoir ainsi échapper à mes sentiments ? Et qui est-ce qui va me conduire à mes concerts, me demanda-t-elle quand je lui en fis part, mais elle riait, on aurait dit qu'elle était soulagée. Elle me félicita pour l'obtention de ma bourse. J'ai toujours su que tu irais loin, me dit-elle. Tu viendras me voir à Paris ? demandai-je. Bien sûr, dit-elle, si tu m'organises un concert à l'Olympia. Mais elle n'est pas venue. Je n'ai eu presque aucune nouvelle d'elle durant l'année que j'ai passée à Paris. Elle m'envoyait de temps en temps une carte postale anodine, il faisait beau, elle allait très bien, elle espérait que moi aussi. Sur une carte envoyée d'Italie où elle passait des vacances d'été, elle écrivit soudain nous au lieu de je. Nous savourons la cuisine italienne, nous faisons de petites excursions, nous avons déjà bien profité du soleil. Je me demandais quel était ce nous, si elle était partie en vacances avec ses parents, avec une amie ou avec un homme. Je posai la carte sur le petit bureau de ma chambre et parfois je la retournais vivement comme si je pouvais ainsi prendre Franziska sur le fait et trouver avec qui elle passait ses vacances.

Si mon intention avait été de m'éloigner de Franziska en étant à Paris, j'y réussis au moins en partie. Mon amour pour elle ne diminua pas, mais je me demandais parfois si je n'étais pas davantage amoureux de mes sentiments que d'elle, si je ne pourrais pas aussi éprouver la même chose pour une autre femme. Puis arriva une autre carte postale, elle allait bien, comment j'allais, Paris était certainement génial, elle n'y était encore jamais allée. Je lus la carte au moins cent fois, y cherchant un message caché. Franziska voulait-elle venir me rendre visite ? Attendait-elle que je l'invite ? Mais je l'avais déjà invitée. Est-ce que je lui manquais ? Pendant une semaine je fus incapable de penser à autre chose.

J'habitais dans un hôtel bon marché non loin de la gare de l'Est, j'avais trouvé ça grâce à un camarade qui y avait aussi logé un certain temps. Ma chambre était située au cinquième étage, il n'y avait pas d'ascenseur et je devais partager les toilettes et la douche avec quinze ou vingt autres individus, beaucoup d'étudiantes et d'étudiants, la plupart étrangers comme moi, mais aussi quelques personnes qui avaient un travail régulier mais ne trouvaient pas d'appartement ou ne pouvaient pas s'en payer un.

Nous formions une joyeuse bande et faisions beaucoup de choses ensemble. C'était la première fois que je me sentais bien dans un groupe. Peut-être était-ce l'anonymat de la grande ville qui me libérait. Chacun d'entre nous avait une histoire différente, mais nous en parlions rarement. Nous pouvions être qui nous voulions, expérimenter une autre façon de vivre.

Presque tous les soirs, nous étions un certain nombre à nous retrouver dans un bistrot à côté de l'hôtel pour prendre l'apéritif. Il était tenu par Paco, un Algérien qui vendait dans une arrière-salle des blousons en cuir et des cassettes de provenance douteuse. Mais ça ne nous dérangeait pas, au contraire, ça allait bien avec notre conception de la vie. Tout était possible, tout était permis.

Nous vivions avec peu d'argent, nous mangions dans de petits restaurants bon marché ou des cantines, nous allions ensemble au cinéma, à des conférences ou des concerts ou nous nous promenions simplement sans but à travers la ville en discutant. Peu avant mon arrivée, il y avait eu de grandes manifestations étudiantes et un étudiant avait été tabassé à mort par la police, je crois qu'il s'agissait de frais d'inscription à l'université ou de sélection à l'entrée à l'université, je ne sais plus. Finalement le gouvernement avait fait machine arrière, mais il y avait toujours dans l'air l'euphorie de la contestation et de la victoire. D'une façon générale, on discutait beaucoup plus ici entre étudiants que chez moi, nous parlions de littérature et de cinéma, nous nous lancions dans des controverses politiques et philosophiques, comme si c'était bientôt notre tour de diriger le monde. Pour moi, tout ça était comme un grand jeu, je savais que j'allais retourner en Suisse et que tout cela ne me concernait pas. Je participais avec d'autant plus d'enthousiasme. Je prenais la vie de façon plus légère et en même temps la dureté de la ville me rendait plus adulte. J'apprenais à m'imposer, je marchais dans les rues, le buste redressé, et je regardais les gens dans les yeux quand je parlais avec eux.

C'est dans cette pension que je fis aussi la connaissance de la fille aux cheveux sombres.

Comme moi elle venait de Suisse, fréquentait une école de langues et habitait, du moins au début, avec nous au cinquième étage. Nous la prîmes dans notre cercle et parfois elle venait manger avec nous ou nous accompagnait dans nos pérégrinations à travers la ville, même quand nos sujets de conversation ne semblaient pas l'intéresser. La plupart du temps, elle restait assise avec nous et se complaisait dans le rôle de la silencieuse mystérieuse et nous nous rengorgions devant elle. Effectivement elle était beaucoup plus mûre que nous tous avec nos théories fumeuses, nos opinions, nos projets.

Je ne faisais pas grand-chose à la fac. J'assistais à quelques séminaires et aux cours magistraux correspondants, je rendais les travaux qui étaient demandés et les analyses de textes. Les salles de cours se trouvaient dans les sous-sols mal éclairés d'un bâtiment annexe où, dès le matin, ça sentait l'eau de Javel et la cantine. Plus d'une fois j'avais failli m'endormir en plein cours parce que je n'étais rentré qu'au petit matin et que j'avais encore la gueule de bois de la nuit précédente. La vraie vie d'étudiant commençait après les cours dans les cafés du quartier où nous nous retrouvions pour prévoir ce que nous allions faire le soir ou le week-end.

Un dimanche, c'était au début de l'automne, par une de ces chaudes journées ensoleillées où seule la profondeur des ombres laisse deviner qu'il va bientôt faire nuit et froid, nous sommes allés au cimetière du Père-Lachaise. Je crois que nous étions six, moi et trois de mes plus proches camarades, et deux femmes, la fille aux cheveux sombres et une Italienne déjantée que je n'aimais pas beaucoup et dont j'ai oublié le nom. Nous déambulions dans les allées, tout en discutant, je voulais voir la tombe d'Oscar Wilde et photographier celle d'Edith Piaf pour Franziska, mes amis cherchaient Jim Morrison.

Je parlais avec la fille aux cheveux sombres et je me rendis compte que les autres avaient pris de l'avance et que nous n'étions plus que tous les deux. Tu fais aussi une photo de moi ? demanda-t-elle. J'avais une bobine presque vierge dans mon appareil et je fis une photo d'elle. Attends, dit-elle, en passant sa main dans ses cheveux très bouclés, prenant alors différentes poses et affichant chaque fois un nouveau visage, jeune fille timide, jeune femme étonnée, femme fatale aguichante, autant de postures conventionnelles et maladroites mais qui avaient quelque chose de touchant. Puis elle fit quelques photos de moi. Pour que je me souvienne de toi, dit-elle, alors que c'était mon appareil. Pour que moi je me souvienne de toi, dis-je. Lorsque j'allai chercher les développements quelques jours plus tard, j'eus du mal à reconnaître la fille sur les photos et la vis peut-être justement telle qu'elle était.

Bon, maintenant ça suffit, dis-je en lui reprenant l'appareil. Tu n'as pas froid ? demanda-t-elle. Je secouai la tête. Et toi ? Un peu, dit-elle. Je quittai ma veste et la lui mis sur les épaules. Nos amis avaient disparu. La fille prit ma main et nous continuâmes notre marche, couple silencieux.

À un moment donné, nous avons dû rattraper les autres, car je me souviens d'avoir voulu retirer ma main quand ils furent en vue. Mais la fille retint fermement ma main et ne la lâcha que lorsque nous entrâmes dans un café non loin du cimetière. C'était une grande salle presque vide où se trouvaient des tables de billard recouvertes d'un drap. Pourquoi je me souviens de ça, alors que ça n'avait absolument aucune importance ? Les autres ne firent aucun commentaire, comme s'ils avaient deviné depuis longtemps que nous étions ensemble. Ce n'est qu'à ce moment que je me rendis compte que j'avais oublié de photographier la tombe d'Edith Piaf.

Une fois de retour à l'hôtel, la fille aux cheveux sombres me suivit tout naturellement dans ma chambre et je fus heureux encore une fois que personne ne fasse de remarque. Je n'étais pas amoureux d'elle, mais cette proximité inattendue et inhabituelle faisait malgré tout battre mon cœur plus fort. Je vois encore la scène, nous n'avons pas allumé la lumière, la nuit tombe et la fille est allongée sur mon lit, elle n'a même pas enlevé ma veste de ses épaules et elle attend que je m'allonge près d'elle. Je ne me souviens plus comment nous nous sommes embrassés, si nous nous sommes déshabillés, combien de temps nous sommes restés dans la chambre, si nous sommes allés manger avec les autres ce soir-là. Je me souviens simplement que, quelques jours plus tard, je suis allé acheter des préservatifs et que le vieux pharmacien m'a regardé d'un air réprobateur en me donnant la petite boîte qui semblait contenir des médicaments contre une terrible maladie. Je n'ai plus aucun souvenir de la première fois où j'ai couché avec cette fille.

Au cours de mes pérégrinations dans les quartiers extérieurs, la ville me semble étrangère, je la redécouvre comme j'ai découvert naguère Paris au cours de mes longues marches. Tout semble différent, neuf, beau. C'est comme si je regardais un film monté uniquement avec des plans d'ensemble. Quand il m'arrive de voir quelqu'un, c'est toujours à une certaine distance. J'ai l'impression qu'on se repousse comme deux aimants ayant des pôles de même nature. C'est ainsi que je m'imagine la vie des premiers hommes, ils errent seuls dans la forêt sauvage, cueillent des noix et des baies, et quand ils tombent sur un de leurs congénères, ils l'évitent, il y a suffisamment de place et de nourriture pour tous. Mais à un moment donné entrent en scène les combattants, ils ont remarqué qu'il est plus simple de voler la nourriture que de la récolter. Ils n'esquivent plus les autres, ils les attaquent ou les soumettent. Se forment alors des groupes qui deviennent encore plus dangereux, ils attaquent les autres, volent leurs réserves, enlèvent leurs femmes et tuent leurs enfants. Leurs gènes deviennent dominants, ils n'ont pas une meilleure condition physique que les autres, simplement ils n'ont aucun scrupule. Et les faibles, ceux qui manquent de courage, se joignent à eux, se mettent volontairement sous leur protection et participent aux actes de barbarie, simplement pour ne pas être seuls et pour faire ainsi partie des vainqueurs. Mais ici et là subsistent encore des solitaires. Ils se cachent dans des grottes, dans des cabanes, bloquent les entrées, ne sortent qu'à la nuit tombée, quand ils ne risquent pas de rencontrer du monde. Ils ne veulent pas faire partie des vainqueurs, ils ne veulent se joindre à personne, ils veulent simplement avoir la paix. Quelle absurdité !

Sur un banc dans un petit parc, une jeune femme est assise, elle téléphone. Elle parle fort, mais je ne comprends pas ce qu'elle dit. Elle semble toute remuée, on dirait qu'elle sanglote, mais brusquement je ne sais pas si elle rit ou si elle pleure.

La famille de mon amie parisienne possédait un hôtel à Bâle, un établissement distingué avec un restaurant réputé pour sa bonne cuisine. Mon amie voulait faire l'école hôtelière, et il était convenu qu'elle travaillerait dans l'entreprise familiale avant de reprendre plus tard l'affaire. C'était la raison de sa venue à Paris, il lui fallait améliorer ses connaissances en français. Beaucoup de frontaliers travaillaient dans l'entreprise familiale et une bonne partie de la clientèle venait aussi de France. Tu pourrais faire un apprentissage de cuisinier, dit-elle, comme ça tu dirigerais la cuisine et moi l'hôtel. Je ne crois pas avoir le talent pour ça, dis-je. Mais nous étions jeunes et nous ne pensions vraiment pas à l'avenir et à la vie qu'on allait mener, une fois notre séjour à Paris terminé.

Tu m'aimes ? me demanda-t-elle une fois tout de go. Je ne sais plus ce que j'ai dit, mais je sais que ma réponse la déçut. Avec toi tout est toujours tellement compliqué, dit-elle. Et toi tu m'aimes, demandai-je, et elle répondit oui avec une telle désinvolture qu'elle aurait tout aussi bien pu dire non.

Elle me ressemblait, ta petite amie de Paris ? demande Franziska. Elle te faisait penser à moi ? Non, dis-je, elle ne te ressemblait pas du tout.

Elle était très pâle, on aurait dit que sa peau était transparente et elle avait des taches de rousseur sur tout le visage. Elle avait des cheveux châtain foncé et très bouclés et des sourcils très marqués. Tu veux que je te la montre ?

Je vais chercher un trieur où j'inscris le nom de la fille aux cheveux sombres. Puis je monte au grenier, trouve effectivement le carton avec toutes mes vieilles photos et le descends dans mon bureau.

Les photos sont mélangées avec les négatifs dans les enveloppes du laboratoire de développement. Je ne les ai plus jamais regardées, il y a là des photos d'école, d'excursions en famille, de mon premier voyage seul à Londres, de mauvais clichés en noir et blanc, un florilège de curiosités touristiques, le Tower Bridge, la cathédrale Saint-Paul, Oxford Circus, Hyde Park. Je ne suis sur aucune des photos.

L'enveloppe avec les photos de Paris est tout au fond du carton. Elles ressemblent à mes souvenirs de cette première promenade au cimetière. Bizarrement, la plupart des photos que j'ai faites de la fille aux cheveux sombres sont légèrement floues. Et sur aucune des photos qu'elle a faites de moi je ne regarde l'appareil ou elle. Il y a aussi quelques photos de tombes, dont celle d'Edith Piaf, alors que j'étais sûr de ne pas l'avoir photographiée. Si même là, ça ne colle pas, alors qu'est-ce qui colle dans mes souvenirs ? Dans un procès, cette photo de la tombe pourrait être utilisée contre moi, mais personne ne me fait de procès. Si j'ai fait un tirage pour Franziska ? Sans doute pas. Qu'est-ce qu'elle penserait, si je lui envoyais ça aujourd'hui ?

Je me demande si j'ai encore les lettres que m'a écrites ma petite amie de Paris après mon retour en Suisse. J'ai passé ma vie à trier et à ranger des textes, mais dans mes propres papiers, dans ma vie, il n'y a aucun ordre, c'est un amoncellement d'événements, de rencontres, de décisions qui se sont suivies de façon plus ou moins aléatoire et qui ont laissé leurs traces. Ici ou là, on peut distinguer un modèle, mais c'est une illusion, comme ces personnages que l'on croit reconnaître dans les formes des nuages, ce qui en dit plus sur notre peur de l'informe que sur la nature du monde. Peut-être que je crains de ne pas arriver à grand-chose si je commence à faire un inventaire.

Je suis assis à mon bureau, un vieux meuble en chêne, énorme, que j'avais acheté pour presque rien, à l'époque où j'étais encore étudiant, à une entreprise qui changeait son mobilier ancien pour du neuf. Sur le côté est fixée une petite plaque en métal avec le logo de la société et un numéro d'inventaire qui a fini par s'y incruster. Je n'ai jamais enlevé cette plaque, peut-être parce que je me plaisais à penser que même cette table était enregistrée quelque part comme élément d'un système plus grand, d'un ordre.

J'ai emporté ce bureau avec moi dans plusieurs déménagements, mais je n'ai jamais rangé les tiroirs, me contentant de les remettre en place chaque fois, avec tout ce qu'il y a dedans. Il doit y avoir là des choses que j'ai mises il y a vingt ou trente ans sans trop y faire attention et que je n'ai jamais ressorties ni même regardées, fossiles de ma jeunesse. Quand je mourrai, une entreprise viendra tout débarrasser, ils regarderont rapidement s'il y a de l'argent ou des objets de valeur avant de transporter le bureau chez un brocanteur ou dans une déchetterie où il sera brûlé. Et hormis un peu de fumée et quelques kilocalories de chaleur pour le chauffage urbain, il ne restera rien de ma vie. Il est probable que mes dossiers seront aussi débarrassés. Qui pourrait s'y intéresser ? Étonnamment, cette idée ne me fait rien. Il serait peut-être même judicieux que les archives disparaissent avec moi, c'est mon univers, ma vie, et de la même façon qu'elle a commencé un jour, elle doit finir un jour. Quand on construit quelque chose, il ne faut surtout pas penser que c'est appelé à disparaître.

Je fouille dans les tiroirs mais je ne trouve rien d'intéressant, des cartes postales, un tampon dateur, des boîtes d'allumettes de tous les pays possibles, de vieux relevés de compte, des modes d'emploi d'appareils que je n'ai plus depuis longtemps, des cahiers où seules les premières pages sont écrites. Même la montre gousset de mon grand-père, une montre bon marché, n'est pas un souvenir, juste un objet fabriqué. Je trouve quelques vieux agendas. Il y a des rendez-vous chez le coiffeur, le médecin, des dates pour le cinéma, parfois il n'y a que des noms dont certains ne me disent absolument rien ou n'évoquent que de vagues souvenirs. Peut-être des collègues de travail, des amis de la fac, des rencontres de hasard. Une semaine en Engadine, deux semaines dans le sud de la France, c'était après la séparation d'avec ma petite amie de Paris, j'étais parti seul en moto, mais au bout de quelques jours j'en eus assez de faire le touriste et je passai le plus clair de mon temps à lire dans les cafés ou dans ma chambre d'hôtel.

Ma petite amie de Paris n'était pas restée longtemps à l'hôtel et elle avait rapidement déménagé. Elle avait trouvé un petit appartement, contrairement à nous elle avait de l'argent et des exigences. Le studio n'était situé qu'à quelques centaines de mètres de notre hôtel, mais la distance n'aurait pas pu être plus grande. Avec mes amis nous menions une vie pas compliquée, nous mangions et buvions, nous sortions en ville et parlions de choses que nous allions faire et de choses que nous rêvions de faire, comme si aucun moment du présent n'avait de rapport avec le reste de notre vie. Quand j'étais avec ma petite amie, tout devenait beaucoup plus concret. Elle avait une histoire dans laquelle je jouais un rôle, même si je ne voyais pas encore très bien quel rôle ce devait être et si j'avais envie de le tenir, de le remplir. Nous jouions la vie d'un jeune couple animé de grandes attentes. Je lui apportais des fleurs, elle faisait la cuisine pour moi, allumait des bougies. Elle disparaissait dans la salle de bain et revenait en nuisette. Avant de faire l'amour, je me brossais les dents. Le lendemain j'allais chercher des croissants, non pas dans la boulangerie juste en bas mais dans une autre, deux rues plus loin, parce que ma petite amie la trouvait meilleure. Jamais auparavant je ne m'étais soucié de savoir s'il y avait de bonnes et de mauvaises boulangeries, mais elle, elle faisait attention à ce genre de choses, c'était important à ses yeux.

Son appartement était meublé, mais elle n'arrêtait pas d'acheter des choses, un dessus-de-lit plus joli, un vase, un cadre pour un poster de Kandinsky acheté au Centre Pompidou. Elle m'avait offert un pull-over avec des motifs géométriques que je n'ai jamais mis. Pourquoi mes petites amies m'ont-elles toujours offert des pull-overs ? Elles avaient peur que je prenne froid ?

Je ne t'ai jamais offert de pull-over, dit Franziska. Tu n'as jamais été ma petite amie. Est-ce que je t'ai offert quelque chose un jour ? Je n'attendais rien de toi, de toute façon je voulais avoir le moins de choses possible. Je me disais à l'époque que les choses ne font qu'encombrer. Maintenant j'ai une maison entière pleine d'objets et de papiers et je ne me sens pas plus en sécurité pour autant.

Mon amie de Paris n'arrêtait pas de m'offrir des bricoles, une gomme en forme de cœur, des crayons, un minuscule carnet où je n'ai jamais écrit un seul mot. Elle menait une vie bourgeoise ordonnée et cherchait à m'y intégrer. Mais je n'étais pas toujours le bienvenu. On se retrouvait deux ou trois fois par semaine au maximum pour ces étranges répétitions d'existence d'adulte, les autres jours elle n'avait pas le temps ou pas envie de me voir, et ça me convenait aussi. Notre vie à deux commençait à me peser, sans que je puisse vraiment dire ce qui clochait. Peut-être, et ce serait là l'explication la plus simple, n'étais-je simplement pas encore prêt pour une relation stable ou pas assez amoureux.

Le premier semestre durait jusqu'au début du mois de février. Je pris les études un peu plus au sérieux, peut-être en avais-je aussi tout simplement assez de faire la tournée des cafés, ou était-ce à cause de la saison que je passais plus de temps dans ma chambre à préparer mes écrits de fin de semestre ? Les examens arrivèrent et une semaine plus tard je me retrouvai un beau matin devant les panneaux vitrés où étaient affichés les résultats, cherchant mon nom sur les listes interminables. À ce moment je sus que quelque chose se terminait, sans que je m'en sois vraiment aperçu, ce qui me rendit mélancolique tout en me donnant une grande impression de liberté. Pendant quelques jours, je ne vis personne, me contentant de marcher dans cette ville où je croyais tout voir pour la première fois.

J'aurais pu rester à Paris avec ma petite amie jusqu'à ce que mes cours reprennent en Suisse, mais pour une raison ou pour une autre, je ne le fis pas. Ses cours de langue devaient durer encore deux ou trois mois, ensuite elle rentrerait aussi. Je ne sais plus pourquoi mais je me rappelle lui avoir écrit une lettre que j'ai glissée un matin sous sa porte, elle fit irruption à l'hôtel le soir même, en pleurs, si bien que nous nous réconciliâmes. Un drame, et rien que l'ombre d'un souvenir aujourd'hui. Puis vint le jour du départ. Elle m'accompagna à la gare, c'était tôt le matin, il faisait froid et il pleuvait comme souvent cet hiver-là. Je crois qu'elle appréciait le côté émotionnel des adieux. Elle m'avait de nouveau acheté un cadeau, je ne sais plus ce que c'était, et nous nous sommes embrassés longtemps sur le quai, ça devait ressembler à une scène de film. Quand le train est parti, elle m'a fait signe avec la main jusqu'à ce que je ne puisse plus la voir. Je ne suis plus jamais retourné à Paris.

J'imaginais parfois ce que faisait ma petite amie après mon départ, elle s'achetait un croissant dans la bonne boulangerie, se faisait un café et se remettait peut-être au lit, appelait une amie et prenait rendez-vous avec elle pour aller dans un café ou dans l'un des grands magasins qu'elle affectionnait. Pour être franc, je n'avais aucune idée de ce qu'était sa vie quand je n'étais pas avec elle, mais quand j'imaginais sa vie sans moi, je n'avais pas l'impression qu'il y manquait quelque chose.

Les lettres qu'elle m'a écrites à l'époque doivent bien se trouver quelque part, je ne les ai certainement pas jetées. Et effectivement, après avoir un peu cherché, je les trouve dans un carton sur lequel est marqué Anciennes lettres, dans un bric-à-brac de cartes et d'enveloppes, petites cartes de Noël que j'ai gardées pour je ne sais quelle raison, cartes postales de gens dont je n'ai plus aucune idée du rôle qu'ils ont joué dans ma vie, lettres de ma mère qu'elle m'avait envoyées quand j'étais à Paris, aucune de mon père. Un paquet de lettres se trouve dans une enveloppe sur laquelle est marqué le nom de ma petite amie de Paris. Je les sors, je reconnais tout de suite l'écriture, une écriture d'écolière, ronde et hâtive.

Elle a dû aussi m'écrire certaines lettres alors que nous étions encore à Paris, les enveloppes ne portent que mon nom et ne sont pas affranchies, les autres elle les a écrites après mon retour en Suisse, longues énumérations de choses qu'elle avait faites et de gens qu'elle avait rencontrés. À la fin de chaque lettre, elle me disait à quel point je lui étais cher et combien je lui manquais. Dans un petit mot séparé écrit à la hâte, elle parle d'une dispute et me demande si je fais exprès de la démolir, pourquoi je suis si cruel, elle ne me comprend pas.

Il y a aussi d'autres feuillets, aucun n'est daté, elle y parle de beaux moments passés ensemble, dit que je lui manque, alors que nous nous sommes vus deux jours avant. Je me souviens d'un va-et-vient à n'en plus finir entre nous, des hauts et des bas, mais avec la distance tout cela me semble aussi futile que ces lettres. Des choses qui me sont arrivées, des gens que j'ai rencontrés, rien de tout ça n'a un quelconque rapport avec moi, rien de tout ça n'explique qui j'étais à l'époque et qui je suis devenu.

Autant ma relation avec ma petite amie de Paris avait été malheureuse, autant je souffris après notre séparation définitive, quelques mois après son retour en Suisse. Nous nous étions encore retrouvés un certain nombre de fois à Bâle, elle me présenta même ses parents, démarche étrange quand on pense que notre séparation se dessinait déjà. Sa mère se montra aimable avec moi, mais son père me fit sentir le peu de cas qu'il faisait de moi et de ma relation avec sa fille. Après les vacances, mon amie commença son apprentissage à l'école hôtelière de Lausanne, on était encore plus loin l'un de l'autre. Les lettres se firent de plus en plus rares, les baisers et les serments d'amour plus anecdotiques. Parmi les lettres qu'elle m'a écrites, il y en a une de moi, que je n'ai jamais envoyée, ce qui était sans doute préférable. Elle n'aurait pas beaucoup contribué à démêler la situation. Mais en la lisant maintenant, je commence à douter de mes souvenirs et je ne sais plus très bien si c'est mon amie qui m'a quitté ou si c'est moi qui l'ai quittée. Je me souviens encore d'être allé la voir au moment où je descendais dans le sud de la France. Au départ, nous devions partir ensemble dans le Midi, mais au dernier moment elle a annulé, disant qu'elle avait des examens après les vacances et qu'elle devait réviser. Nous nous sommes promenés en ville, même ces souvenirs sont incomplets. Je me souviens encore d'elle assise sur la moto derrière moi, du trajet que nous avons fait en métro, de notre dîner dans un restaurant au bord du lac, mais je n'arrive pas à me souvenir où j'ai passé la nuit, si j'ai dormi chez elle dans sa chambre ou dans un hôtel. Nous sommes-nous disputés ou aimés une dernière fois ? Je me revois nager dans le lac, mais elle n'est pas avec moi. Le lac me fait peur, sa taille, ses profondeurs sombres que je devine en dessous. Je n'ose pas m'éloigner de la rive, je fais des allers-retours parallèles à la berge, plus tard je suis allongé dans une prairie qui ressemble à un parc. Peut-être suis-je parti le même jour ?

La dernière lettre de ma petite amie est arrivée des mois après. Elle commençait de façon anodine comme les précédentes, elle parlait des choses qu'elle avait faites et se plaignait des cours qu'elles trouvaient épuisants. Puis brusquement elle se lança dans des demandes insistantes où elle exigeait que je la laisse enfin tranquille. Ça n'avait aucun sens, écrivait-elle, de continuer à s'écrire, si je ne savais pas ce que je voulais. Adieu, ainsi se terminait la lettre. Je n'ai plus jamais entendu parler d'elle.

Il me faut tout le dimanche et tout le lundi pour trier à peu près les lettres dans le carton, à la fin il reste quand même une grosse pile qui ne va dans aucune correspondance, des lettres de gens qui ne m'ont écrit qu'une ou deux fois, des cartes postales avec des signatures illisibles, des faire-part de mariage et de naissance que je n'ai pas jetés par piété ou négligence, il y a même un ou deux faire-part de décès. Les lettres des amis avec qui j'ai entretenu une assez longue correspondance, je les range par date dans des trieurs sur lesquels je note à chaque fois le nom correspondant, mais c'est un ordre superficiel qui ne me satisfait pas. Au fond, le furieux désordre d'avant était l'ordre qui convenait à tout cela.

J'ai aussi pris un trieur pour les lettres de Franziska, mais il n'y en a pas beaucoup. Au début, on se voyait si souvent qu'on n'avait pas besoin de s'écrire, et quand elle a eu de plus en plus de succès, nous avons perdu contact. Juste entre les deux périodes, il y a eu un bref moment où nous nous sommes écrit assez régulièrement. J'étais de nouveau à l'université pour terminer mes études, Franziska était dans une clinique dans les Grisons pour y terminer une formation comme infirmière en psychiatrie. Les lettres de cette période sont celles que je préfère parce que Franziska y parlait pour la première fois de ses sentiments et me demandait aide et conseil. Elle ne se sentait pas bien dans les montagnes, le paysage l'oppressait et la vie des patients en psychiatrie aussi. Elle n'arrivait pas à s'intégrer dans l'équipe, écrivait-elle, et elle se sentait seule. Elle se produisait encore de temps en temps dans des écoles ou des clubs mais rien n'indiquait qu'elle pourrait un jour vivre de sa musique. Viens me voir, écrivait-elle, nous pourrons faire une balade ou aller au centre aquatique.

La séparation d'avec ma petite amie de Paris me faisait toujours souffrir, je ne sais pas si je l'avais écrit à Franziska, je ne crois pas. Sans doute ne lui ai-je absolument rien dit de cette relation, toute cette histoire me semblait être une trahison envers elle, bien que nous n'ayons jamais été ensemble.

C'est peut-être la raison pour laquelle je différais toujours le moment d'aller la voir, inventant chaque fois de nouveaux prétextes, un examen à préparer, un devoir important à terminer, et je ne sais quoi encore. Lorsque je suis enfin parti la voir dans les montagnes au début de l'été, cela faisait plus d'un an qu'elle était là-bas.

Je n'ai pas beaucoup de souvenirs de cette journée que j'ai passée avec Franziska. Je nous revois en train de remonter une gorge au bout de laquelle se trouve une cascade. On pique-nique dans une prairie à côté d'un bosquet de sapins. La lumière du soleil est intense, les ombres sont presque noires. Je me souviens d'une couverture à carreaux, des fourmis qui soudain sont partout. Le torrent est glacé, entre les endroits où son débit est rapide, il y a comme des petits bassins d'une eau très limpide. Nous sommes-nous baignés ou en avais-je simplement envie ? Avions-nous emporté nos maillots de bain ? Je revois Franziska en bikini, allongée à l'ombre sur la couverture à carreaux, elle a les yeux fermés. Je suis assis à côté d'elle, je tends la main pour la toucher, la retire. Elle ouvre les yeux, me regarde. Nous parlons mais je ne comprends pas ce que nous disons, nos paroles sont avalées par le bruit du torrent qui domine tous les souvenirs de cette journée, un bruit clair et vivant qui ne s'arrête jamais, qui ne faiblit jamais. Je regarde Franziska, cherche à interpréter ses regards, ses sourires, ses gestes. Suis-je ton amour de jeunesse dont tu ne dévoiles même pas le nom ? M'aimes-tu en fait ? Est-ce que je peux encore t'embrasser ? Est-ce que tu attends que je le fasse ?

Tu ne m'as rien demandé de tout ça, dit Franziska. Tu m'as parlé de ton année à Paris, de tes études, de tes projets d'avenir. J'étais toute seule dans les montagnes et me réjouissais tellement de cette journée, mais j'avais l'impression qu'il n'y avait pas de place pour moi dans ta vie, dans tes projets. Et ensuite tu m'as simplement laissée là.

Nous avons pris le bus postal et sommes descendus à la gare de Coire, il fait nuit. Le dernier train qui me permet de rentrer en ville part dans quelques minutes. Tu peux aussi dormir chez moi, dit Franziska. L'a-t-elle vraiment dit ? Mais j'ai un cours de travaux dirigés demain à huit heures. Tu es la conscience incarnée, dit-elle avec un sourire ironique. Ce n'est pas ça, mais nous ne sommes que sept et ça se remarquera si je suis absent. Je n'ai encore jamais été absent. Qu'est-ce que je peux dire comme bêtises, alors que je n'arrête pas de me demander comment je pourrais faire pour rester encore ici, passer la nuit chez Franziska, sans donner l'impression que je voudrais encore davantage. Mais je veux davantage. Et pendant que je cherche mes mots, elle me dit : Rentre bien, puis elle fait demi-tour et s'en va. Le contrôleur siffle et dit de monter dans les voitures, je cours jusqu'au train, grimpe et file dans la nuit en direction de la plaine.

Je n'avais jamais fait attention à toutes les cloches que je peux entendre quand je suis dans le jardin, peut-être que d'habitude leur bruit est effacé par la rumeur de la ville, le bourdonnement continuel de l'autoroute, des routes, des usines, des chantiers, bruit qui a presque disparu à cette heure. Les cloches sonnent midi. Je crois me rappeler qu'à l'école maternelle on chantait une chanson sur la cloche de onze heures. La cloche de onze heures se met à sonner, c'est l'heure où nous devons rentrer. Ou bien l'heure où nous pouvons rentrer ? Les démons de midi, j'ai trouvé cette expression quelque part, je ne sais plus dans quel contexte, mais ce fut comme une révélation. Ce n'est pas minuit mais midi l'heure des démons. On dirait que le soleil est immobile au zénith, brève éternité où tout peut arriver. Même les oiseaux semblent trouver ce moment inquiétant, ils se sont tus et ils ne sortiront de leur cachette que dans l'après-midi.

Il n'a toujours pas plu, la terre est asséchée, on commence à voir des taches brunes dans la pelouse et la terre est fissurée par endroits. Je devrais arroser la pelouse mais pour le moment je ne suis capable de rien, même pas de rentrer et de me faire à manger. Je suis assis à l'ombre du vieux pommier, silencieux, comme si les démons pouvaient s'emparer de moi, comme si le moindre mouvement pouvait trahir ma présence.

Je suis allé encore une fois voir Franziska dans ses montagnes. Il y avait déjà de la neige et elle m'avait dit qu'elle avait envie de faire du ski. La veille on avait annoncé du mauvais temps et je n'étais pas mécontent de pouvoir laisser mes affaires de ski chez moi. Mais Franziska m'attendait à la gare avec tout son équipement. Nous aurions pu y aller quand même, me dit-elle, déçue, il y a certainement moins de monde aujourd'hui, on aurait eu les pistes pour nous.

Nous décidâmes de rapporter son matériel au foyer où elle occupait un studio. Tu peux au moins porter mes skis, dit-elle, vu que je les ai amenés pour rien.

Chez elle il faisait beaucoup trop chaud. L'ameublement était pratique et simple, un lit, un petit bureau avec sa chaise, un fauteuil près de la fenêtre, un coin cuisine. On aurait presque dit ma chambre. Franziska s'extirpa de sa combinaison de ski, dessous elle portait des sous-vêtements contre le froid de couleur beige. Sexy, n'est-ce pas ? dit-elle. J'enfile juste autre chose en vitesse. Ou tu veux rester ici ?

Nous sommes restés toute la journée dans le studio de Franziska à parler et à boire. Franziska était assise sur le lit et moi dans le fauteuil, nous étions tous les deux assis sur le lit, nous étions allongés côte à côte sur le lit, elle sur le dos et moi sur le côté. Franziska était à son tour assise sur la chaise, ses bras étaient posés sur les accoudoirs, moi j'étais debout à la fenêtre. Elle s'est approchée de moi, elle portait toujours ses sous-vêtements thermiques et s'était contentée de remonter ses manches. Elle avait les joues rouges tellement il faisait chaud. J'ai fait glisser ma main sur son dos. Tu as un pelage aussi doux que celui d'un lapin. Ils veulent que je chante en allemand, dit-elle, peut-être aussi que j'écrive moi-même des textes. Ils disent qu'ils peuvent me mener loin, mais pas avec des chansons françaises qui n'intéressent personne en ce moment. Tu sais écrire des textes ?

C'est qui : ils, demandai-je. Un producteur que j'ai rencontré lors d'un atelier. Il pense aussi que je devrais prendre un autre nom. Fabienne, dis-je sans réfléchir longtemps, c'est un nom qui est bien pour une chanteuse. Elle rit, mais il faut justement que ça n'ait pas l'air français. Je ne sais pas jouer du piano, dis-je, je ne sais pas écrire des textes, et je n'ai même pas pris mes skis. Je ne suis bon à rien. Tu es mon ami, dit-elle, et elle effleura mon dos de sa main comme je l'avais fait avec elle l'instant d'avant. Promets-moi que nous resterons amis, quoi qu'il arrive.

Ce n'est que bien plus tard que je me suis demandé ce qu'elle avait voulu dire. Quoi qu'il arrive. J'attendais que tu m'embrasses, dit Franziska, mais j'avais peur de te perdre comme ami. Tu aurais couché avec moi puis tu m'aurais laissée tomber pour réaliser tes projets. Et tu n'aurais plus donné signe de vie par mauvaise conscience. Tu voulais aller encore une fois à l'étranger, écrire une thèse, il n'y avait pas de place pour une relation stable. Ce n'est pas vrai, dis-je. Tu sais très bien que ce n'est pas vrai. Alors pourquoi tu ne m'as pas embrassée ?

Tu me chantes quelque chose ? ai-je demandé. Tu veux quoi ? La chanson que tu as chantée pour la fête de ton diplôme. Elle parut tout de suite savoir de quelle chanson il s'agissait. Elle se détourna et commença à chanter doucement. Dis, quand reviendras-tu* ? Sa voix devint plus forte et je compris pour la première fois à quel point ses mouvements faisaient partie intégrante de la musique, à quel point la musique venait des mouvements, était façonnée par eux. Franziska s'arrêta en plein milieu de la chanson, se tourna de nouveau vers moi avec un sourire gêné. C'est étrange de chanter ça pour toi, dit-elle.

Elle se mit à tapoter un rythme sur l'appui de la fenêtre près de laquelle elle se tenait, puis elle commença à chanter, Liberté*, une chanson que je ne connaissais pas. Elle se terminait par ces trois mots : Liberté ! Liberté ! Liberté* !

Tu ne pourrais pas transposer les textes de Barbara en allemand ? demandai-je. Toi tu pourrais le faire, dit-elle, ton français est bien meilleur que le mien. Liberté ! Liberté ! Liberté !, ça c'est facile, dis-je. L'autre, c'est plus compliqué. Au début, ça va encore, mais ensuite il faut faire attention au rythme.

Franziska s'appuya contre le rebord de la fenêtre et me regarda en silence. J'allai me remplir un verre d'eau au robinet de l'évier.

* Les mots ou expressions suivis d'un astérisque sont en français dans le texte.

J'ai trouvé le texte de la chanson sur Internet. Je me demande si ce qui gênait Franziska à l'époque, c'était juste de chanter devant moi ou bien si c'était à cause des paroles. J'ai beau t'aimer encore, j'ai beau t'aimer toujours, J'ai beau n'aimer que toi, j'ai beau t'aimer d'amour, Si tu ne comprends pas qu'il te faut revenir, Je ferai de nous deux mes plus beaux souvenirs, Je reprendrai la route, le monde m'émerveille, J'irai me réchauffer à un autre soleil, Je ne suis pas de celles qui meurent de chagrin, Je n'ai pas la vertu des femmes de marins.

Mais qui fait encore attention aux textes des chansons ? Si l'on aimait et souffrait autant dans le monde que dans les chansons, il serait différent de ce qu'il est. Ce qui me préoccupe beaucoup plus, c'est une autre question. Toute ma vie, j'ai été convaincu que Franziska ne m'aimait pas, que je n'avais jamais été autre chose pour elle qu'un bon ami, peut-être même son meilleur ami pendant un certain temps et que c'était la raison pour laquelle je n'avais aucune chance de devenir son amant. Maintenant je vois tout d'un coup partout des signaux qu'elle me donnait, des possibilités qu'elle créait, des invitations à aller vers elle, à lui déclarer mon amour, à l'embrasser, à l'aimer. Avais-je été à ce point aveugle pour ne pas m'en être rendu compte à l'époque ou étais-je trop timide, ou bien ne voulais-je secrètement pas être avec elle ?

Tu vois, maintenant tu avoues. Je n'avoue rien du tout, je me demande simplement si c'était ainsi. Comment aurait été notre vie si je t'avais prise dans mes bras quand on était dans ta chambre, si je n'étais pas monté dans le dernier train. Imagine un peu si j'étais tombée enceinte cette nuit-là, dit Franziska. Elle rit, mais moi je n'ai pas le cœur à rire.

Je me souviens d'une conversation avec l'un de mes collègues de travail, il y a bien des années de cela. Il venait juste de se séparer de son ami et me disait qu'il en avait sa claque de l'amour et qu'il aurait certainement été plus heureux s'il n'avait jamais été l'objet d'une grande passion. Ou avait-il dit victime ? Je me souviens que ces propos m'avaient indigné. Mon collègue fut très surpris de voir que moi, justement, je me posais en champion du grand amour. D'ailleurs sur ce sujet tu crois davantage à la théorie qu'à la pratique, pas vrai ? J'étais tellement remonté que je quittai la petite cuisine sans un mot. Il se prenait pour qui ?

Peut-être avait-il finalement raison. Peut-être avais-je eu peur de perdre Franziska si je l'avais conquise. Mon amour malheureux, mes rêves, mes fantasmes, personne ne pouvait me les prendre, pas même elle.

J'ai définitivement fait une croix sur mon intention de traiter les journaux et les magazines des dernières semaines. C'est un sacrilège. Il va y avoir un blanc dans les archives, ce n'est encore jamais arrivé depuis que je les ai chez moi. Même quand j'étais malade quelques jours, obligé de rester au lit, je rattrapais ensuite mon retard. Mais là c'est trop, impossible de rattraper ce retard, je n'arrive même plus à tenir le rythme avec les journaux du jour. Aller les chercher dans la boîte aux lettres me met déjà de mauvaise humeur, toucher ce papier sec et rêche, respirer l'odeur de l'encre. Ensuite je suis obligé de me laver les mains.

Cela fait des jours que je joue avec l'idée de reprendre contact avec Franziska. Je sais qui je devrais appeler pour avoir son adresse, un ancien collègue de la rédaction, qui a souvent écrit des articles sur elle et qui prétendait même être ami avec elle. Une fois, je lui ai demandé de lui dire bonjour de ma part, mais je doute qu'il l'ait jamais fait.

Je ne sais comment l'idée m'est venue, mais je commence à arracher des pages dans les magazines pour en faire des avions en papier, comme font les enfants. Tous les articles sur les événements actuels partent dans les airs, des directives importantes du gouvernement, des commentaires rédigés par des scientifiques et des femmes politiques, mais aussi des articles sur le sport, des recettes de cuisine, des conseils de voyage, des critiques, des colonnes entières, tout se transforme en avions qui traversent la pièce en planant et atterrissent dans un coin poussiéreux de mon bureau.

Sur Internet je trouve des tutoriels sur les origamis et je fais des poissons et des oiseaux, des cygnes, des grues et des animaux de toutes sortes, des chevaux et des éléphants, des renards, des lapins, je plie et je replie pendant des jours jusqu'à me faire mal aux doigts. Enfin le papier devient vivant, mon bureau en est rempli, puis c'est au tour de la table à manger, des étagères de livres, et du sol, tout un monde de petits animaux en papier. C'est à peine si je peux encore faire un pas hors d'une pièce sans écraser l'une de ces fragiles créatures.

Au bout de deux mois sans la moindre goutte de pluie, le temps change enfin, il devient plus frais, le vent s'est levé et il a commencé à pleuvoir, d'abord timidement puis plus fort. Comme si le vent m'avait aussi mis en mouvement, j'ose enfin prendre le téléphone pour appeler mon collègue. Il est chez lui. Il raconte toutes sortes d'anecdotes sur ce qui se passe dans la rédaction, un licenciement, une liaison amoureuse, des disputes. Ça ne m'intéresse pas, mais il me faut bien écouter, que je le veuille ou non, après tout j'attends quelque chose de lui et je suis à la merci de sa bonne volonté. Quand je lui demande finalement l'adresse de Franziska, il minaude. Si les célébrités lui font confiance, c'est justement parce qu'il n'a jamais abusé de leur confiance. Franziska et moi sommes de vieux amis, dis-je, on est allés ensemble au collège. Ça ne veut rien dire, me répond-il, parfois ce sont justement les vieux amis dont on ne veut plus entendre parler.

Peut-être a-t-il raison. Je n'aime pas être dans le rôle de celui qui surgit du passé sous prétexte qu'il veut mettre un point final à certaines choses terminées depuis longtemps. À quoi bon réchauffer de vieilles histoires. Qu'aurions-nous eu de plus à nous dire que ce qui était écrit à l'époque sur les cartes postales de Franziska : Je vais bien, comment tu vas ? Le soleil brille, j'ai beaucoup de choses à faire. Mais moi je n'ai pas grand-chose à faire.

Mon collègue finit par me donner le mail de Franziska en me faisant promettre de ne pas le divulguer. Et si tu apprends quelque chose, appelle-moi, ça fait un bail qu'on n'a plus entendu parler d'elle. Je lui promets et mets fin à la conversation aussi vite que possible.

Mon collègue ne m'a pas posé une seule question, pas même pour savoir si je vais bien ou ce que je fais. Le souvenir que j'ai laissé à la rédaction commence sans doute à pâlir, de toute façon je ne voulais pas qu'il en aille autrement. Pour mes collègues, je n'avais jamais été plus que l'une des souris grises qui faisaient des recherches, des auxiliaires fiables dont la fonction était devenue superflue à un moment donné.

Je feuillette une fois de plus dans le dossier de Franziska, cette fois je ne regarde que les photos, mais bien que je l'aie sous les yeux, j'aurais du mal à décrire Franziska. Je vois la couleur de ses yeux, de ses cheveux, je vois sa coiffure, sa bouche, son nez, son front, mais tout ça ce n'est pas elle, ce n'est pas ce que j'aimais. Je cherche encore une fois dans le carton des vieilles photos et j'en retrouve quelques-unes datant de notre jeunesse. Franziska est toujours au centre, ce sont des photos de groupe ou des instantanés pris pendant des excursions scolaires ou des surprises-parties. Sur l'une des photos elle tient une guitare et on dirait qu'elle chante. On me voit aussi sur la photo, boutonneux et timide, avec un sourire mal assuré, en train de regarder par terre. Je n'ai pas l'impression d'être bien dans ma peau, sans doute que je n'arrivais pas à imaginer ce que Franziska aurait bien pu me trouver. Quoi qu'il en soit, elle me semble moins étrangère sur ces photos que sur les photos des magazines. C'est comme si elle s'était entraînée à donner à son visage des expressions destinées aux photographes de presse et au public, sans qu'aucune corresponde à ce qu'elle est vraiment ou révèle la moindre part d'elle-même. C'est toujours le même sourire stéréotypé sur un visage soigneusement maquillé qui appartient à tout le monde.

Je me demande ce que ça fait d'être toujours observé, de devoir se dissimuler pour ne pas être reconnu. C'est peut-être pour ça que j'hésite si longtemps à écrire à Franziska, par peur qu'il ne subsiste rien d'elle.

La dernière fois que j'ai vu Franziska, c'était au Palais de la Mutualité pour la sortie de son premier CD. J'avais reçu une invitation, une carte avec un texte imprimé et une signature manuscrite faite avec un gros feutre. Nous serions heureux de compter sur votre présence pour la sortie du premier CD de Fabienne, la nouvelle étoile montante de la chanson suisse. Encore un nous dont je ne savais pas à qui il renvoyait. Rien de personnel sur mon invitation, pas de Bonjour, pas de Ce serait bien que tu viennes, pas même son véritable prénom. Je l'imagine assise quelque part dans le bureau de son agent ou de son producteur devant une pile de cartes d'invitation, signant à la chaîne d'un geste mécanique, sans regarder à qui ces cartes étaient adressées.

Le hall était plein à craquer, les seules personnes que je connaissais, c'étaient les parents de

Franziska debout dans un coin, un peu perdus, et je tentai autant que possible de les esquiver. Je me sentais suffisamment perdu moi-même avec mon gobelet en plastique à moitié rempli de Prosecco. Je fus soulagé quand on nous invita à entrer dans la salle, le spectacle allait commencer.

Le producteur salua le public et se fendit de quelques mots sur Fabienne, disant que dès la première fois où il l'avait entendue il s'était rendu compte de tout son potentiel. Puis Franziska arriva sur scène, elle portait une robe courte de couleur blanche avec un peu de dentelle et elle était très maquillée, c'est à peine si je la reconnus. Les deux tiers des chansons qu'elle chanta étaient des chansons d'amour où il était question de ruptures amoureuses mais où tout espoir n'était pas perdu. Un jour sans toi. Es-tu toujours seul ? Essayons encore une fois. Toi, rien que toi ! Douceur rimait avec cœur, chagrin avec demain, La pluie de novembre avec Je n'en peux plus d'attendre. À la fin du concert le producteur monta de nouveau sur scène, entoura Franziska de son bras et lança quelques mots qui furent étouffés par les applaudissements. Puis il l'embrassa et tous deux disparurent dans les coulisses. Comme les applaudissements n'en finissaient pas, Franziska revint et dit qu'elle allait chanter une chanson de Barbara, une artiste qui l'avait beaucoup marquée. Elle chanta alors a capella Litanies pour un retour*, une chanson que je l'avais déjà entendue chanter. Après les tubes simples d'avant, une grande partie du public parut un peu déconcertée, mais il y avait une si bonne ambiance qu'on pardonna à Franziska.

J'avais espéré pouvoir parler avec Franziska, mais elle était assaillie par toutes sortes de gens qui voulaient lui demander je ne sais quoi. Quand je pus enfin l'approcher, la féliciter pour son CD et lui demander si nous pouvions peut-être aller prendre un verre ou faire quelque chose ensemble, son producteur arriva et l'entraîna avec lui en disant qu'il voulait absolument lui présenter un critique musical très en vue. Je fus incapable d'interpréter le dernier regard de Franziska, entre angoisse et résignation. Un instant, je me demandai si elle avait pris des drogues, mais je chassai vite cette pensée, c'était certainement à cause de l'excitation qu'elle avait les pupilles si dilatées. Je n'ai jamais pris de drogue, dit Franziska, je ne pouvais pas me permettre ça, imagine un peu. Sinon je n'aurais rien pu faire de tout ça. L'alcool oui, parfois un peu trop. Tu l'as vu toi-même quand on partait ensemble pour des concerts. Je lève la tasse de café et trinque dans le vide. À toi, mon invisible accompagnatrice.

La façon dont le producteur avait embrassé Franziska et avait mis la main sur ses épaules m'avait paru suspecte. Peu après, je lus dans un magazine que c'était son petit ami. Oui, c'est mon nouveau petit ami, confia-t-elle à la reporter, mais je n'en dirai pas plus. Mon nouveau petit ami.

Le producteur avait quinze ans de plus que Franziska et il en faisait encore largement dix de plus. Je ne comprenais pas ce qu'elle lui trouvait, ce qu'elle aimait chez lui. L'idée qu'elle couchait avec lui me rendait malade et me dégoûtait. Mais l'homme semblait s'y entendre pour faire sa promotion, et un peu plus tard on pouvait lire partout des articles sur Fabienne, sa belle voix, sa silhouette gracile, sa nature enjouée. On l'appelait La petite chérie des variétés, La voix d'or et même bien vite La princesse des variétés. En automne je terminai mes études. C'était il y a vingt-neuf ans.

Chère Franziska,

Je ne sais pas si tu te souviens de moi. Nous avons été au collège ensemble il y a bien longtemps et nous avons été amis, peut-être même plus que ça. J'ai suivi ta carrière pendant toutes ces années, comme documentaliste j'étais bien placé, et j'ai enregistré et classé un nombre incalculable d'articles sur toi. Il y a cinq ans, j'ai perdu mon poste mais je continue à tenir les archives à titre privé. Au cours des derniers jours, j'ai beaucoup pensé à toi sans bien savoir pourquoi…

Bien sûr qu'elle se souvient de moi, on n'oublie pas ses amis de jeunesse. Mais que va-t-elle penser de moi si je lui parle de mes archives ? Elle va se dire que je suis un minable qui a perdu son job et qui a aussi perdu pied. Ou pire encore, que je suis un cinglé qui la poursuit et collectionne tout ce qui la concerne. C'est peut-être d'ailleurs ce que je suis. Tout ma vie me semble brusquement misérable, j'ai l'impression de ne jamais avoir vraiment vécu, comme si je n'avais fait que regarder les autres vivre en attendant que quelque chose arrive. Et rien n'est arrivé.

J'efface ce que j'ai écrit et vais dans le jardin. Il pleut encore un peu. Dans l'obscurité, j'entends un léger crépitement, comme si le sol buvait l'eau, s'étirait, inspirait. À côté de moi des gouttes tombent selon des rythmes irréguliers qui se superposent et forment des motifs toujours renouvelés. Un moteur se met à vrombir, quelqu'un donne un brusque coup d'accélérateur, j'ai entendu plusieurs fois ce bruit au cours des dernières semaines, c'est comme un accès de fureur ou un accès de joie sauvage et d'envie de vivre.

Il faut que j'écrive à Franziska aujourd'hui, demain je n'aurai plus la force. C'est ma dernière chance, je ne sais pas d'où me vient cette certitude. Mais je suis incapable de me donner l'élan nécessaire.

Je suis assis dans le jardin, il commence à faire nuit, la pluie s'arrête, recommence tout doucement puis s'arrête de nouveau. Je m'imagine rester simplement assis là, sans bouger, sans plus manger ni boire, ni rien attendre non plus. Je deviens muet comme une plante, la pluie m'arrose, le soleil me sèche, ses rayons me nourrissent. Mes doigts se ramifient, mes orteils s'enfoncent dans le sol et forment des racines, je reste assis dans mon ombre, le temps passe.

Ce sont les cloches qui ont dû me réveiller, même si je ne les entends que de loin. Je regarde ma montre, il est un peu plus de minuit. Il ne fait pas froid et pourtant je grelotte, je tremble de partout.

Chère Franziska,

Cela fait une éternité qu'on n'a plus de nouvelles l'un de l'autre. Ce serait bien si on pouvait se revoir et discuter du bon vieux temps.

Cordialement

Sans plus y réfléchir, j'envoie le mail et vais me mettre au lit.

Maintenant que je ne travaille plus à mes archives et ne lis plus les journaux, les journées deviennent infiniment longues. Les promenades m'emmènent de plus en plus loin, ce sont de véritables excursions, pas seulement en ville mais aussi dans les collines environnantes. Je suis très étonné de voir que je suis loin de tout connaître, alors que j'ai passé pratiquement toute ma vie ici. J'ai toujours fait les mêmes trajets sans regarder à droite ou à gauche. Je me demande combien il y a de rues dans ma ville, grandes ou petites, que je n'ai jamais prises.

Pendant un moment, je choisis un quartier et parcours systémiquement toutes les rues comme un messager voulant aller partout, mais au bout d'un moment cela m'ennuie et je me remets à marcher sans but dans les rues en me laissant guider par le hasard.

Une fois rentré, je me force à ne pas consulter mes mails toutes les demi-heures pour voir si Franziska s'est manifestée. Je prends un livre dans les étagères, un livre que je voulais lire depuis longtemps, mais je ne peux pas me concentrer et je le repose bien vite. J'écoute un vieux disque de Barbara que Franziska m'a offert pour l'un de mes anniversaires. Il fut un temps où je savais quelques chansons par cœur et je les chantais avec ferveur en même temps que le disque, quand j'étais tout seul, Ne me quitte pas, Dis, quand reviendras-tu, Il pleut*. Mais maintenant, quand j'accompagne le disque, ma voix a quelque chose d'éraillé, sans compter que j'ai oublié la moitié des paroles.

Les grands sentiments, les supplications, les serments d'amour, tout ça me paraît faux, peut-être qu'il en a toujours été ainsi. Les paroles, les mélodies avaient été écrites par d'autres que moi, et quand je les chantais, je ne savais plus très bien si elles exprimaient mes sentiments ou provoquaient simplement ces sentiments, comme des agents infectieux qui s'insinuent dans le corps, l'affaiblissent et le rendent malade.

Aussi loin que remontent mes souvenirs, j'ai toujours douté de mes sentiments, et même dans les plus grands moments d'effervescence affective, j'ai toujours été un peu à distance de moi-même, en train de m'observer. Je me souviens que, quand j'étais enfant, je pouvais me mettre dans des rages folles et en même temps regarder l'effet que ma colère faisait sur les autres. C'est peut-être pour ça que j'ai été tellement submergé par mes sentiments pour Franziska, parce qu'ils venaient du corps et non pas de la tête. Parce que je ne les comprenais pas et ne pouvais même pas mettre un nom dessus, leur coller une étiquette. C'est peut-être aussi la raison pour laquelle j'ai tout fait pour ne pas devenir la victime de ces sentiments.

Il pleut toute la journée. J'ai ouvert la porte vitrée donnant sur le jardin et je reste assis là à sentir l'air frais qui rentre et me frôle. La pluie murmure doucement et dans ce murmure on perçoit des bruits bien distincts, sertis comme des joyaux, le couinement d'un frein de bicyclette, le rire d'un enfant, les gazouillis et les piaillements des oiseaux.

Le producteur de Franziska n'était pas digne d'elle, et étrangement je finis par trouver une forme de réconfort dans cette idée. J'imaginais ça comme une pure relation de travail. Il habitait en Allemagne, elle habitait en Suisse, et tous les deux n'arrêtaient pas de voyager. J'étais presque moins jaloux de son partenaire que des musiciens avec qui elle se produisait, des chanteurs avec qui elle chantait en duo ou était photographiée quand l'occasion s'y prêtait. Ils se fixaient avec des regards énamourés en se promettant en chanson une fidélité éternelle.

Puis soudain arriva son nouveau petit ami, le footballeur. Je me demandai ce qui avait pu pousser Franziska à se détourner de son producteur. Le fait qu'elle n'arrêtait pas de se séparer était pour moi comme la promesse qu'elle pourrait aussi le faire pour moi, si j'avais le courage de lui avouer mon amour. Même si ce n'était qu'en imagination.

Franziska et le footballeur s'étaient rencontrés à une manifestation quelconque, un gala ou un bal, une œuvre de bienfaisance, je ne sais plus. Je feuillette de nouveau dans son dossier, je trouve une interview qu'ils ont donnée tous les deux. Ils étaient en couple depuis déjà un moment et venaient d'emménager ensemble. Franziska disait que le footballeur lui avait écrit des lettres d'amour aussitôt après leur première rencontre. Le journaliste demanda s'il avait des talents de poète et le footballeur répondit que l'amour lui avait donné des ailes. Si ses lettres étaient à l'avenant, rien d'étonnant à ce que Franziska ait flashé sur lui. Elle dit qu'il correspondait exactement à l'homme qu'elle avait toujours cherché, généreux, honnête, ouvert. La différence d'âge ne la dérangeait pas, non, au contraire. Le journaliste demanda si elle croyait au coup de foudre. Non, dit-elle, pas pour moi. Mais moi je crois au coup de foudre, dis-je, effrayé d'entendre ma propre voix. Je suis tout de suite tombé amoureux de toi. Pourquoi as-tu si vite abandonné ? demande-t-elle. Pourquoi ne m'as-tu pas dit encore et encore que tu m'aimais ? Pourquoi ne m'as-tu pas conquise ?

Mais croyez-vous au grand amour dont parlent la plupart de vos chansons ? demanda le journaliste. Je le ressens, dit-elle. Puis il fut question d'avoir ou non des enfants et leurs réponses laissaient transparaître combien cette question les mettait tous les deux mal à l'aise. Après tout, ils venaient juste d'emménager, dirent-ils, et ils étaient tous les deux très pris par leur métier. Et le footballeur avait déjà deux enfants d'un premier mariage, il devait s'en occuper et Franziska s'entendait à merveille avec eux, comme elle l'assura. Le journaliste ne lâcha pas le morceau jusqu'à ce qu'elle finisse par dire qu'elle voudrait bien avoir un jour des enfants, mais qu'elle ne voulait rien précipiter. Après tout, elle n'avait que trente-cinq ans.

Puis elle eut quarante ans, puis cinquante et maintenant elle en a cinquante-cinq comme moi. Elle n'a jamais eu d'enfant, ni avec le footballeur avec qui elle est restée huit ou neuf ans, ni avec le chanteur, son ami suivant, et encore moins avec moi. Les hommes avec qui elle s'est mise en ménage n'étaient-ils donc pas les bons ?

Et toi, me demande-t-elle, tu n'as jamais voulu d'enfants ? Je ne sais pas, dis-je. Je ne sais vraiment pas. Si nous avions été ensemble, si tu n'avais pas chanté, nous aurions mené une autre vie. Quand tu étais avec le footballeur, j'avais une amie, une collègue de travail. Elle est tombée enceinte, de moi, mais elle ne m'a rien dit et elle s'est fait avorter. Elle me l'a avoué longtemps après. Et tu as réagi comment ? J'ai été surpris. Puis étonné de voir que ça ne me faisait pas grand-chose.

Nous étions ensemble à peu près à la même période où Franziska était avec son footballeur. Est-ce qu'il y avait un rapport ? J'avais trente ans, je travaillais depuis déjà quatre ou cinq ans aux archives lorsque la nouvelle collègue a été embauchée. Elle était un peu plus âgée que moi, elle avait fait des études de germanistique, avait d'abord travaillé comme assistante à la fac, avant d'en avoir assez de l'ambiance qui régnait à l'université avec ses petites intrigues et ses jalousies. J'étais chargé de lui montrer le travail. C'était l'été et la ville me faisait penser à une nature sauvage. L'air vibrant au-dessus de l'asphalte brûlant, le ciel embrumé par la canicule, le silence à l'heure de midi, les quelques rares personnes qui rasaient les façades pour se mettre à l'abri du soleil comme des animaux farouches, tout cela ressemblait à l'idée que je me faisais de la steppe et je n'aurais pas été étonné de voir soudain débouler dans l'avenue un troupeau de gazelles au galop. On ne voyait d'abord qu'un nuage de poussière au loin, puis des têtes, des pattes, des corps qui se rapprochaient. Le bruit devenait plus fort, l'énergie du mouvement restait en suspens dans l'air. Puis le troupeau passait devant moi, le martellement des sabots remplissait tout avant de disparaître dans un nuage. Et la poussière retombait et tout redevenait très calme, très silencieux, comme avant.

Dans les archives, l'air était étouffant et il faisait très chaud, même si on laissait les stores baissés toute la journée. Notre chef nous avait confié une nouvelle tâche, faire du tri ou réorganiser, le nombre et le volume des dossiers étaient devenus tels qu'on aurait pu passer toutes ses journées à les gérer et les répertorier, même sans s'occuper de faire de nouvelles recherches et de nouveaux rapports.

Pendant des semaines, ma collègue et moi sommes restés assis à la grande table, l'un en face de l'autre, à passer les articles en revue. Parfois, quand il fallait que je lui explique quelque chose, je venais m'asseoir à côté d'elle. Elle portait un haut blanc sans manches et son bras nu effleurait mon bras et je voyais une petite tache sombre sous son aisselle et je sentais son déo et un effluve de sueur. On était assis là tous les deux sans rien dire. Il y avait une tension dans l'air comme avant un orage, nos corps semblaient s'attirer comme des aimants, sans que nous puissions rien y faire. Ma collègue se leva très lentement, on aurait dit qu'elle bougeait au ralenti, elle se dirigea vers les armoires sur rail, sans qu'elle ait pourtant quelque chose à y faire. Elle s'adossa aux étagères, eut un petit rire bref et dit que c'était étrange. Nous nous regardions sans rien dire. Je peux aussi te l'expliquer plus tard, dis-je avant de retourner m'asseoir à ma place de l'autre côté de la table.

Au bout de quelques jours nous commençâmes à discuter et, le temps passant, nous discutions de plus en plus et travaillions de moins en moins. Ma collègue avait de l'humour et nous riions beaucoup. Elle avait découvert qu'au dos des vieilles coupures de journaux il y avait souvent des choses très étranges, des annonces d'inventeurs cherchant des investisseurs, de graphologues, de voyants et d'astrologues qui vantaient leurs capacités et offraient leurs services, des programmes de cinéma et de théâtre avec des pièces et des films depuis longtemps oubliés. Tu n'es pas né en 1965 ? me demanda-t-elle, et elle me lut l'annonce de décès de quelqu'un qui était né la même année que moi, une mère et son fils Michael, morts subitement tous les deux, comme il était dit dans le faire-part. Ça aurait pu être toi, dit-elle soudain d'un air grave, imagine un peu, ce petit Michael, cette vie non vécue. Puis elle se remit à rire et lut cette fois une annonce de l'institut Sama Veda qui promettait son aide aux gens qui rougissaient facilement, souffraient d'inhibitions et de peur existentielle.

Elle était surtout intéressée par les annonces matrimoniales. Ça serait quelque chose pour toi, dit-elle une fois tout à trac, charmante veuve élégante et enjouée, 49 ans, trop seule depuis deux ans, possède villa, cherche contact en vue mariage harmonieux avec monsieur cultivé, fidèle et généreux, esprit distingué, possédant éventuellement voiture et optimisme de bon aloi. Je ne sais pas si je remplis la dernière condition, dis-je. La voiture ou l'optimisme ? En plus elle a presque vingt ans de plus que moi. Bon, pour être franche, elle doit avoir quatre-vingts ans maintenant, dit ma collègue, pour autant qu'elle soit encore en vie. Et celle-ci ? Fille catholique de 31 ans, 1,70 m., cheveux châtains, mince, travaille dans le médical, cherche un camarade pour la vie sachant apprécier gentille jeune fille. Et elle aurait entre-temps soixante-six ans ? demandai-je. Et pourquoi tu crois que je cherche une femme ? Tu en as déjà une ? demanda-t-elle. Tu sais apprécier une gentille jeune fille ? Et pour toi il n'y a rien ? demandai-je. Celui-là peut-être, bien sûr il a déjà quarante ans, ce qui veut dire maintenant soixante-quinze, mais il cherche une fille honnête entre dix-huit et trente ans. Il gagne bien sa vie et il a une voiture de sport. Je me demande ce que sont devenus tous ces gens. S'ils ont trouvé le compagnon ou la dame catholique qu'ils cherchaient, qui les cherchaient. Je trouve toujours ce genre d'annonces un peu triste, dis-je, cette façon de se mettre en avant, avec ce qu'ils considèrent comme important chez eux et chez les autres. Moi je trouve ça drôle, dit ma collègue en retournant le feuillet. Retour aux troubles raciaux aux États-Unis.

Tous les deux nous allions souvent nager après le travail, nous pouvions donc tout aussi bien y aller ensemble. C'est mieux si on se retrouve au lac en bas, dit ma collègue, pas que les autres aillent penser qu'il y a quelque chose entre nous. Elle rit et me fit un clin d'œil, surtout que tu n'as même pas de voiture de sport. Je connais un endroit qui est généralement assez tranquille, dis-je, et je lui expliquai comment y aller.

Lorsque nous nous retrouvâmes sur la petite prairie après le travail, il n'y avait que très peu de gens, j'en avais déjà vu quelques-uns, la plupart plus vieux que nous et seuls. Il y avait là une femme avec son chien qui sautait dans l'eau comme un fou, aboyait et faisait gicler de l'eau tout autour de lui. Il n'y avait pas de cabines et nous nous sommes changés sous nos serviettes de bain avant d'aller nager assez longtemps dans le lac. Quand nous sommes sortis de l'eau, il n'y avait presque plus personne sur l'herbe, hormis une femme en train de lire et un couple d'amoureux qui se tripotaient sans vergogne. C'est permis, ça ? murmura ma collègue en riant. Si ça sert à la conservation de l'espèce, dis-je, il n'y a rien à objecter.

Nous étions allongés l'un à côté de l'autre sur nos serviettes de bain et je sentis que revenait cette étrange tension éprouvée quelques jours auparavant dans les archives, mais cette fois nous n'y fîmes pas obstacle. Ma collègue se tourna sur le dos et me regarda dans les yeux jusqu'à ce que je l'embrasse. Cette nuit-là nous couchâmes ensemble pour la première fois.

Nous passâmes ensemble un bel été tumultueux. Le fait que personne dans la rédaction ne fût au courant de notre relation augmentait encore la tension et l'excitation. Nous nous embrassions, cachés entre les étagères mobiles, parfois nous étions à deux doigts de faire l'amour. Ma petite amie portait une jupe courte, je la relevai, elle ouvrit ma ceinture et plongea sa main dans mon pantalon. Elle riait, essoufflée. On est fou, dit-elle à voix basse, si le chef nous surprend ! La porte s'ouvrit et une voix lança : il y a quelqu'un ? C'était l'un des journalistes qui venait souvent pour nous demander des tas de choses. J'arrive, lançai-je. Ma chemise était sortie de mon pantalon et je la fourrai vite à l'intérieur avant de refermer ma ceinture. Je saisis un dossier au vol et sortis d'entre les étagères. Le journaliste regarda le dossier. Mythes de la Création ? Qui a besoin de ça ? C'est un élève de l'extérieur qui le demande, mais il ne semblait pas écouter et il remplit le bon de commande. Vous pouvez me trouver ça d'ici combien de temps ?

Entre-temps ma collègue était sortie d'entre les rayonnages, elle aussi avec un dossier à la main. Ses joues étaient rouges et ses cheveux en désordre, mais le journaliste avait déjà tourné les talons. Voici le dossier que tu cherchais, dit ma collègue, encore un peu essoufflée. Elle me tendit le classeur, c'était celui qui traitait des représentations de Dieu, elle avait dû prendre quelque chose sur la même étagère que moi.

Après cet incident nous sommes devenus un peu plus prudents, mais avec le temps le bruit courut dans la rédaction que nous étions ensemble. Ce n'était pas une grande nouvelle, des relations qui se nouent sur le lieu de travail sont choses courantes et les archives permettaient de toute façon de vivre plus ou moins dans l'ombre. Tant que nous faisions notre travail de façon consciencieuse, personne ne s'intéressait vraiment à nous.

Je suis resté huit ans avec ma collègue de travail. Aujourd'hui encore je ne sais pas vraiment pourquoi notre relation a finalement capoté, mais je suppose que c'était de ma faute, comme j'ai été responsable de la rupture de toutes mes relations. S'il me fallait faire une liste des défauts que m'ont reprochés mes petites amies au fil des années, il y aurait sans doute en premier ma difficulté à me décider, viendrait ensuite mon manque d'aptitude à assumer une responsabilité, mes moments d'absence, une froideur des sentiments. C'était peut-être pour ça qu'elles m'avaient toutes offert des pull-overs.

On aurait finalement pu faire la paire, dit Franziska, mes amants m'ont aussi reproché ce genre de choses. Peut-être que nous ne sommes tout simplement pas faits pour l'amour ? Ou simplement pour l'amour à distance.

Après notre séparation, mon amie m'a dit qu'elle s'était fait avorter tout au début de notre relation. Je ne sais pas si elle voulait me punir en me faisant cet aveu. Nous n'avions jamais vraiment désiré d'enfants, ni l'un ni l'autre, nous avions à peine abordé le sujet, mais maintenant elle me reprochait qu'elle n'en aurait pas à cause de moi, et qu'elle avait gâché son temps à cause de moi. Je l'écoutais, même si ses reproches me paraissaient injustes et si je perdais patience à force de l'entendre répéter les mêmes choses en boucle. Mais je n'ai jamais aimé le conflit et en plus nous continuions à travailler ensemble et ça aurait été désagréable si nous étions en bisbille.

Dans quel monde tu vis ? me dit mon amie. Est-ce que tu as des sentiments en fait ? C'est pas comme ça qu'un individu normal ressent les choses. Je ne répondais pas, qu'aurais-je pu dire ? Je t'ai déjà vu dormir, dit-elle une autre fois d'une voix triste, mais ça ressemblait à une menace. L'idée d'avoir été observé pendant que je dormais, sans défense, livré à elle, avait pour moi quelque chose d'angoissant.

Je cherchais à avoir un comportement aussi normal que possible avec elle, mais cela ne semblait que la braquer encore davantage. Parfois elle me donnait un coup de poing dans l'épaule quand elle passait à côté de moi, avec une telle force que j'en avais des bleus. Mais là non plus je ne réagissais pas, je le supportais comme j'avais supporté ses bêtises pendant toutes ces années. Elle finit par donner sa démission et autant je regrettais qu'elle ait perdu son travail à cause de moi, autant j'étais soulagé de ne plus être confronté à ses humeurs. La relation de Franziska avec le footballeur se termina elle aussi à cette époque, après qu'elle avait découvert qu'il avait une liaison.

Aujourd'hui, en me promenant en ville, il s'est produit quelque chose d'étrange. Le quartier excentré que je devais traverser était aussi mort que d'habitude. En passant devant une école, j'ai vu soudain un garçon d'une dizaine d'années sortir à toute vitesse et se plaquer, hors d'haleine, contre le mur qui entourait la cour. Effrayé, je m'étais arrêté et regardais le petit garçon, mais il semblait n'avoir que ses poursuivants en tête, peut-être qu'ils jouaient à cache-cache ou bien on lui courait après parce qu'il avait fait mal à quelqu'un ou pris quelque chose. Il n'y avait personne alentour, juste ce garçon qui me fit penser à une bête traquée. Sa respiration commença à se calmer lentement, mais il ne faisait toujours pas attention à moi. J'avais l'impression qu'il vivait dans un autre monde, que je pouvais voir mais dans lequel je n'avais aucune existence. Au bout d'un moment, le garçon partit sans bruit, toujours protégé par le mur, et il disparut aussi vite qu'il était apparu.

Une fois rentré, j'allume mon ordinateur. Franziska n'a toujours pas donné signe de vie. Ça fait trois jours que je lui ai écrit et je suis tenté de lui écrire encore une fois, mais je finis par laisser tomber. Le pire serait qu'elle croie que je lui cours après.

Son dossier est encore sur mon bureau, ouvert à la page de son interview avec le footballeur. Tous les deux me sourient, mais ils n'ont pas l'air heureux, sourire de routine. Je descends à la cave pour aller chercher le dossier du footballeur. Arts et divertissements, Sports, Jeux de balles et de boules. Le dossier n'est pas très épais, juste quelques articles sur ses participations à des tournois, une décoration comme sportif de l'année, son divorce, l'arrêt de sa carrière de professionnel, son échec comme chef d'entreprise, des copies d'articles sur lui et Franziska. Je soupèse les feuillets, hésite un instant puis les jette dans la poubelle des papiers. Jamais encore il ne m'est venu à l'idée de supprimer quoi que ce soit des archives, cela aurait été totalement à l'encontre de mon éthique professionnelle, j'aurais eu l'impression d'être un escroc, un faussaire de l'histoire. Mais qu'est-ce qui s'y oppose maintenant que les archives m'appartiennent, représentent mon monde, lequel ne concerne et n'intéresse personne d'autre que moi, où personne d'autre que moi n'a accès ? Dans mon monde, ce footballeur n'existe pas.

Je vais chercher le dossier du chanteur avec qui Franziska avait vécu après son histoire avec le footballeur et le jette aussi à la poubelle. Il n'y a rien sur le producteur dans les archives, ce n'était pas quelqu'un d'une grande notoriété.

Je suis excité comme ça ne m'est pas arrivé depuis longtemps, je suis effrayé par ma propre témérité et en même temps je me sens très léger, comme si s'était défait un nœud qui me retenait attaché depuis des décennies à cette montagne de papiers. Si les archives sont mon monde à moi, je peux les arranger, les modifier comme j'en ai envie, comme bon me semble. Je passe en revue les différents rayonnages, les fais avancer et reculer, sors des dossiers, les remets. Je m'arrête à la Science politique et aux Idéologies politiques. J'élimine le fascisme et le national-socialisme et, après un bref moment d'hésitation, le communisme aussi. Le socialisme et l'anarchisme ont le droit de rester, les idéologies à tendance religieuse doivent dégager. Je trouve Mussolini, Hitler et Staline dans la partie Histoire européenne, XXe siècle, eux aussi doivent dégager. En fait j'aimerais bien détruire ces dossiers sur-le-champ, les brûler, pour ne plus jamais être obligé de les revoir, mais je n'ai pas de cheminée et je n'ose pas faire un feu dans le jardin. Il y a toujours un voisin pour se plaindre ou même appeler directement la police. En même temps, il y a quelque chose de réconfortant à imaginer que même ces horreurs vont rester dans le circuit, seront effacées, recyclées et serviront de base à des choses nouvelles, des idées nouvelles, des individus nouveaux, une histoire nouvelle.

La poubelle pour les papiers est déjà à moitié pleine, mais je pense encore à de nouveaux domaines, de nouvelles personnes que je voudrais voir disparaître de mon monde, les armes atomiques, l'élevage intensif des animaux, les sectes, l'antisémitisme, le sport de haut niveau, les prochaines élections présidentielles aux États-Unis. Ce dossier est toujours dans mon bureau. Je remonte, le prends et soudain hésite. Ça n'a aucun sens d'éliminer au petit bonheur la chance des choses et des personnes, tout est lié, même le pire peut conduire à quelque chose de bon. Si j'élimine le fascisme, je devrais aussi éliminer par voie de conséquence l'antifascisme et tous les gens merveilleux qui ont lutté contre le fascisme. Il faut que je repense à tout ça, je dois procéder de façon plus systématique, plus réfléchie. Je dois examiner les rapports et les conséquences que pourraient avoir mes opérations de nettoyage. Dieu n'a pas non plus créé le monde en un jour.

Quoi qu'il en soit, je ne vais pas revenir sur l'action que j'ai menée aujourd'hui, elle est comme une tempête purificatrice qui a ouvert une tranchée dans les archives, et l'idée qu'elles ne sont plus intactes me plaît. J'ai soudain l'impression qu'il est possible d'y échapper, comme si un vent nouveau soufflait dans les espaces ainsi créés.

Le lendemain arrive un mail de Franziska. Il n'est pas très long, elle écrit simplement que ça lui ferait plaisir de me voir. Le mail a quelque chose d'étrangement distant, comme si me revoir n'était qu'une obligation de plus, pareille à un rendez-vous ou une rencontre avec son manager ou ses fans. Elle a envoyé le message à six heures du matin, ce qui m'étonne. Elle n'a jamais été une lève-tôt, quand nous dormions à l'extérieur après un concert, elle ne se levait jamais avant dix heures, ce qui provoquait parfois des différends parce que moi j'aurais bien aimé partir de bon matin. Tu vois, m'avait-elle dit une fois, nous ne sommes pas faits pour être ensemble, il y aurait sans arrêt des disputes. Pourquoi avait-elle dit ça ? Elle avait donc envisagé une relation avec moi, elle l'avait peut-être même souhaitée avant d'y renoncer ? Mais pourquoi ? Sûrement pas parce que je me levais plus tôt qu'elle.

Je l'ai vue dormir. Et ça aussi c'est angoissant, autant que l'idée d'être observé pendant son sommeil. Je m'en souviens très bien, c'était la fameuse nuit que nous avons passée dans le même lit. Quand je me suis réveillé, il faisait encore sombre, seul un peu de lumière d'un projecteur éclairant l'esplanade pénétrait dans la chambre. Le visage de Franziska était à la fois très calme et très étrange, lointain, neutre, comme si ce n'était pas le visage d'une personne précise mais un visage en soi. Je sentais la chaleur de son corps, sentais son sommeil, une odeur un peu aigre, légèrement métallique. Elle était à moitié couverte, la couverture coincée entre les jambes. Elle fronça le front, se tourna de l'autre côté et tira la couverture sur elle. Elle était couchée en chien de fusil, dos tourné. Son T-shirt était remonté et laissait voir son dos, les petites bosses de la colonne vertébrale. Elle me paraissait très fragile, sans défense. Je me serrai contre elle comme pour la protéger et me rendormis.

Nous plongeons dans une eau trouble qui estompe nos contours, nos corps semblent jaunes au milieu de tout ce vert, nous avançons vite et énergiquement comme de gigantesques poissons, nous nous tournons autour sans jamais nous toucher. Franziska me fait un signe, se détourne, disparaît dans les profondeurs. Je flotte dans un néant noir, je sens que je diminue de plus en plus, deviens de plus en plus petit. Je me roule en boule, je suis une minuscule créature animée de pulsations, avec une énorme tête et un corps absurdement petit. Je sens la chaleur de Franziska, les battements de son cœur qui font trembler tout mon corps, je suis en elle, une partie d'elle et pourtant séparé d'elle.

Je suis obligé de me forcer pour ne pas répondre tout de suite à Franziska. Je sors un classeur et écris dessus Odeur du sommeil et le mets sur la pile des dossiers encore vides que je viens de faire. Je vais faire des courses, même si j'ai encore suffisamment de choses en réserve, ensuite je vais me promener jusqu'en bas de la colline où je remonte alors la rivière, comme le premier jour. Elle roule un peu plus d'eau depuis qu'il a plu. Je m'assieds sur le banc où je me suis déjà assis lors de ma première promenade et essaie de m'imaginer la rencontre avec Franziska, réfléchissant à ce que je pourrais lui dire. Mais pendant que je pense à elle, je ne ressens plus l'amour d'autrefois, plutôt un trouble, de la nervosité et en dessous un vide étrange. Je regrette presque de lui avoir écrit. La dernière fois que nous avons parlé, nous avions vingt-six ans, depuis presque trente ans ont passé, la moitié d'une vie. Nous avons tous les deux échoué, chacun à sa façon, peut-être ne pouvions-nous qu'échouer.

Une fois rentré, j'écris quand même à Franziska, plus par devoir qu'en m'imaginant que notre rencontre pourrait être un succès et mener à quelque chose qui serait mieux que mes souvenirs. Cette fois, sa réponse arrive le soir même et elle est plus affable que la première, plus personnelle. Où étais-tu passé durant tout ce temps ? écrit-elle. Elle habite dans une petite commune au bord du lac de Zurich, un des endroits où les impôts ne sont pas très élevés et où habitent les riches qui ne peuvent se permettre d'habiter en ville. On voit qu'elle a l'habitude de ne pas faire traîner les choses, elle propose qu'on se voie mercredi après-midi, à deux heures chez elle. On pourra s'asseoir dans le jardin, écrit-elle, on annonce du beau temps. Je suis contente de te voir après toutes ces années. Je ne sais pas pourquoi je la crois.

Pour me changer les idées, je passe les jours suivants à réfléchir aux dossiers que je pourrais éliminer et aux conséquences que cela aurait. J'ai étalé de grandes feuilles de papier sur mon bureau et j'élabore des diagrammes montrant les relations entre les dossiers, lesquels conditionnant lesquels. La tâche est insoluble, plus j'y pense, plus tout me semble relié à tout. Le mauvais conduit au bien, le bien au mauvais. Chaque transformation affectant la structure a des conséquences incommensurables. En plus, je ne peux pas me concentrer, je ne peux m'empêcher de penser constamment à Franziska, à notre rencontre qui approche.

Je m'imagine de façon totalement irrationnelle qu'elle pourrait sentir à quel moment je l'imagine. En fait j'ai toujours cru qu'entre la Franziska réelle et celle qu'il y a dans ma tête, il existe une relation, que je rentre en contact avec Franziska quand je me l'imagine. Combien de fois l'ai-je aimée en pensée, nous sommes-nous aimés, ma Franziska et moi.

Elle est sur scène, le cœur battant, me lance un dernier regard, sourit et chante une chanson de Barbara ou de Jacques Brel. Dis, quand reviendras-tu ? Chaque fois qu'elle chante cette chanson, je m'imagine qu'elle pense à moi, que je suis dans les coulisses, caché derrière le rideau, chantant en même temps qu'elle à mi-voix.

Ton image me hante, je te parle tout bas,
Et j'ai le mal d'amour, et j'ai le mal de toi…

Deux ans après la fin de ma relation avec ma collègue de travail, ma mère est morte, et même si je n'avais eu que très peu de contacts avec elle ces dernières années, sa mort changea beaucoup de choses. Je me mis à réfléchir à ma propre mort et à ma vie, alors que cela ne m'avait guère préoccupé jusqu'à présent. C'était comme si ma mère ne m'avait pas seulement légué toutes ses affaires mais aussi la responsabilité de ma propre personne. Elle m'avait mis au monde, m'avait élevé, m'avait précédé. Maintenant qu'elle n'était plus là, je perdais tout repère, comme après le coucher du soleil, quand il fait nuit et qu'on ne reconnaît plus les points cardinaux. Je pensais rarement à Franziska durant cette période, elle était avec son chanteur, elle semblait inaccessible et ressemblait de plus en plus à une image, souvenir de plus en plus ténu.

J'eus ensuite des problèmes de santé, rien de grave, sans doute que tout venait de ma tête, des douleurs diffuses, de la fatigue, un manque d'appétit. Je me sentais épuisé et sans entrain, déprimé. Pendant un moment j'allais si mal que j'avais à peine assez d'énergie pour aller travailler, pour me nourrir régulièrement et faire attention à moi. Le quotidien qui autrefois allait de soi me paraissait étrange, voire inquiétant, mon visage dans le miroir me déconcertait, les actions les plus simples m'inquiétaient. Je faisais quelque chose et m'observais en train de le faire, me demandant pourquoi je faisais ça et pas autre chose ou rien du tout. C'était un monologue sans fin que je tenais avec moi-même, le premier que je tenais avec moi-même depuis que j'étais capable de penser, si mes souvenirs sont bons.

Je commentais et argumentais, m'expliquais des choses, me figurais des situations, je les jouais en répartissant des rôles, manipulais ce que j'avais vécu, me confortais dans mes décisions, excusais mes défaillances, me consolais de mes pertes. Je suis mon plus fidèle ami, mais ce n'est pas un dialogue, même quand d'autres voix parlent dans ma tête, c'est un monologue triste et lamentable.

Viens, me dit Franziska. Elle veut me consoler, me prend dans ses bras et me caresse la tête, ça va passer. Peut-être que tu es surmené. Mais ce n'est pas Franziska, c'est moi qui essaie de me consoler. C'est comme si je voyais dans ses traits mes propres traits qui déforment les siens, comme une image tirée d'un film d'horreur, quand les masques tombent et qu'on s'aperçoit soudain que la victime est en fait le bourreau.

Le sentiment dominant de cette période, mais je ne m'en aperçus qu'après coup, c'était la peur, une peur de plus en plus grande jusqu'à presque devenir fou. Je me dis qu'il me fallait chercher de l'aide, me faire admettre dans une clinique, je l'aurais peut-être fait si je n'avais pas senti que même ça ne m'aurait pas aidé à échapper à moi-même.

Cet état dura presque une année jusqu'au jour où il prit fin d'un seul coup. Un matin je me levai et je sus que le pire était passé. Je me douchai, allai au travail, fis le ménage en rentrant le soir et m'occupai enfin de tous les papiers à remplir pour l'héritage. C'est à peu près à cette époque que je décidai de m'installer dans la maison de ma mère et de ne pas la vendre, comme j'avais projeté de le faire, mais sans avoir jamais entrepris de démarche dans ce sens.

J'habitais maintenant dans la maison depuis un moment. J'allais mieux mais je me repliais de plus en plus sur moi-même. Je ne me souciais plus guère de mes rares amis, sortais encore plus rarement que d'habitude, m'occupais, quand j'avais du temps libre, du jardin où j'avais toujours quelque chose à faire sans que pourtant rien ne change. J'avais quarante-cinq ans, mais je m'étais accommodé du fait que la vie n'allait plus rien me proposer de nouveau. Autour de moi je voyais des hommes de mon âge s'entraîner pour le marathon, s'acheter des voitures chics ou se montrer avec de jeunes femmes, et je les trouvais pitoyables pour ne pas dire méprisables.

Pour le vingt-cinquième anniversaire du baccalauréat, quelques anciennes élèves s'étaient mis dans la tête d'organiser une rencontre entre camarades de la même promotion. Ça commença par une lettre où nous étions tous invités à communiquer les adresses de celles et ceux dont on n'avait plus entendu parler depuis longtemps. Je laissai la lettre de côté, de toute façon cela faisait longtemps que j'avais perdu de vue mes camarades de lycée, mais un mois plus tard arriva un second courrier indiquant que toutes les adresses étaient maintenant au complet, qu'un programme était préparé et que nous étions tous invités à nous rendre tel jour à telle heure dans une auberge à la campagne, suivaient un itinéraire et deux menus entre lesquels nous devions choisir, l'un avec viande et l'autre sans viande. La lettre était accompagnée d'une liste des adresses et des numéros de téléphone des anciens élèves, à côté du nom de Fabienne se trouvait l'adresse et le numéro de téléphone d'une agence. Je ne répondis pas non plus à cette lettre.

Un soir, environ deux semaines avant la date prévue pour la rencontre, je reçus un coup de fil. La sonnerie me fit sursauter, je ne recevais pratiquement jamais de coups de téléphone et j'avais presque déjà oublié le bruit de la sonnerie. C'était la camarade qui était derrière tout ça. Elle me salua tout excitée en me disant qu'elle n'avait toujours pas reçu ma réponse. Ce coup de fil me dérangeait. Ça ne m'avait pas coûté d'ignorer l'invitation, mais maintenant que mon ancienne camarade était au bout du fil, il me paraissait impoli de décliner l'invitation sans motif valable. Elle semblait enthousiasmée par son projet. Tout le monde vient, me dit-elle, sauf bien sûr les deux qui étaient décédés.

Elle me raconta l'histoire des deux, l'un était mort il y a trois ans après avoir longtemps pris de la drogue et un autre il y a peu de temps dans un accident en montagne. Je ne mettais aucun visage sur les noms mais je ne posai pas de question, me contentant de dire que c'était terrible et que j'étais désolé mais qu'à la date prévue je n'étais pas libre. Il y eut un silence puis mon ancienne camarade joua son va-tout et dit que Fabienne aussi allait venir. Qui ? demandai-je. Fabienne répéta-t-elle en riant. Tu veux dire Franziska, dis-je. Si tu préfères, dit-elle, vous étiez très proches. Je ne répondis pas. Je n'ai jamais aimé que les gens se fassent des idées sur moi, imaginent ce que je fais et ne fais pas. Ces clones de moi-même qui rôdent dans les têtes des autres n'ont rien à voir avec ce que je suis et pourtant ils sont une menace, ils me ressemblent, imitent ma voix, font des choses que je ne ferais jamais et qui pourtant deviennent, sous forme de possibles, des parties de moi-même. Je te connais peut-être mieux que tu ne te connais, quelle était la petite amie qui m'avait dit ça une fois ? Cette affirmation m'avait à la fois révolté et désemparé. Que pouvais-je répondre ?

Fabienne chantera peut-être même pour nous, dit ma camarade. Je promis de regarder encore une fois mon calendrier. Quelques jours plus tard, j'acceptai.

Franziska ne vint pas à la rencontre de classe. Je ne l'appris qu'une fois sur place. Quelques-uns de mes anciens camarades qui fumaient devant l'auberge m'accueillirent avec de bruyants bonjours et dirent que je n'avais absolument pas changé. Contrairement à ce que j'avais imaginé, je me souvins tout de suite d'eux et du fait que je ne les avais pas particulièrement appréciés quand on était ensemble au lycée.

Avant même que la soirée commence vraiment, je regrettai d'être venu. Celle qui avait tout organisé sortit de l'auberge. Elle non plus n'avait pas beaucoup changé. Elle m'embrassa sur les deux joues, me regarda et dit en affichant un visage triste que Fabienne ne pouvait malheureusement pas venir. Elle avait dû remplacer au pied levé une artiste qui était soudain tombée malade et regrettait beaucoup de ne pas pouvoir être avec nous à la fête. L'excuse sonnait aussi faux et cousu de fil blanc que le regret simulé de mon ancienne camarade. J'aurais bien aimé repartir sur-le-champ, mais ça n'aurait fait qu'attirer l'attention des autres sur moi et je la suivis donc dans la salle du restaurant où je fus accueilli par encore plus de bonjours, de poignées de main et de bises sur la joue.

Franziska fut le principal sujet des conversations ce soir-là et plus ça durait plus on la dénigrait. À l'époque déjà, elle croyait qu'elle valait mieux que les autres. La musique qu'elle faisait était en dessous de tout, si on continuait à parler d'elle c'était uniquement parce qu'elle apparaissait dans la presse à sensation, et d'autres choses du même genre. J'aurais dû la défendre mais je n'ai jamais été un battant et je ne dis pas un seul mot contre tout ça. Seule une ancienne camarade qui avait été la meilleure amie de Franziska au lycée et avait fait ensuite la formation d'infirmière avec elle prit le contre-pied de toutes ces médisances. Elle avait l'air très triste et ne cessait de me lancer des regards, comme si elle attendait que je vienne la soutenir.

J'étais venu en voiture mais j'avais beaucoup bu au cours de cette soirée. Ce n'est qu'en me levant pour aller aux toilettes que je me rendis compte à quel point j'étais saoul. Je sortis du restaurant pour prendre l'air. Dehors il faisait nuit noire, on entendait pas très loin des clarines de vaches et la rumeur d'un torrent. L'auberge était un ancien moulin et il n'y avait rien autour. Devant l'établissement se trouvaient quelques tables et des chaises en fer et je m'assis. Je me demandais comment j'allais faire pour rentrer chez moi. Il aurait été déraisonnable de prendre la voiture, mais je n'avais pas envie de me faire ramener par quelqu'un.

La porte s'ouvrit, un cône de lumière se dessina sur l'esplanade et celle qui avait pris la défense de

Franziska vint s'asseoir à la table à côté de moi et s'alluma une cigarette. Tu en veux une aussi ? me demanda-t-elle en me tendant son paquet. Je fis non de la tête. Nous sommes les seuls à rester fidèles à Fabienne, dit-elle, nous sommes ses seuls amis. Tu es encore en contact avec elle ? demandai-je. Oui, dit-elle, on se retrouve de temps en temps, pas très souvent, il faut dire qu'elle est toujours en déplacement. Je m'occupe parfois de sa maison, quand elle est en tournée. Quand on se voit, on parle du temps passé, il nous est aussi arrivé de parler de toi.

Je voulais demander ce que Franziska avait dit sur moi, mais je me retins. Elle était la seule raison de ma venue, dis-je. On y va ? demanda l'amie de Franziska. Tu me ramènes ? Je dis que j'avais trop bu, mais si elle voulait conduire, elle pouvait prendre ma voiture.

L'ancienne camarade de lycée ne ressemblait pas du tout à Franziska, mais sa proximité avec elle lui conférait à mes yeux un éclat étrange. Elle s'était arrêtée devant l'immeuble où elle habitait.

Et tu rentres comment chez toi ? demanda-t-elle. Je vais peut-être dormir dans la voiture, dis-je, ou bien je laisse la voiture et je rentre à pied. Tu en as au moins pour une heure, dit-elle en riant. Elle hésita un instant puis dis Tu n'as qu'à monter. Mon fils vit avec moi mais il n'est sûrement pas encore là. Le week-end il rentre en général très tard.

Dans l'appartement il y avait une odeur de fumée froide et il faisait frais. Nous étions debout dans la cuisine et buvions un verre de vin rouge qui était beaucoup trop froid. Je n'aurais pas dû le mettre dans le frigo, dit-elle, mais je ne bois presque pas pendant la semaine. Et je ne reçois de toute façon jamais d'hommes. Elle eut un rire nerveux. Tu es bien silencieux.

Elle voulait savoir si j'avais été amoureux de Franziska, s'il y avait eu quelque chose entre nous. Ça fait si longtemps, dis-je pour éluder. Elle dit quoi, elle ? Tu la connais, dit-elle. Nous étions constamment amoureux de quelqu'un d'autre. Pas toi ?

Après nous être embrassés, elle dit que c'était étrange, totalement absurde en fait, mais elle avait mauvaise conscience. Tu pourrais me masser le dos. Elle enleva son pull et se tourna. Viens, dit-elle, elle me précéda dans la chambre et s'allongea sur le lit.

Après cette première nuit, nous n'avons plus jamais parlé de Franziska, et pourtant j'avais toujours l'impression d'être plus proche d'elle à chaque rencontre. Nous nous retrouvions toutes les deux ou trois semaines. Je ne l'invitais jamais chez moi, elle m'appelait quand son fils passait la nuit chez sa petite amie ou était absent pour une raison ou pour une autre. On mangeait sur le pouce, on couchait ensemble et je repartais. C'était la relation la moins compliquée que j'aie jamais vécue, sans doute parce que nous nous aimions bien mais que nous n'étions pas amoureux l'un de l'autre. Nous n'exigions rien de l'autre, même pas d'être fidèle. Je ne crois pas qu'elle avait d'autres amants mais je ne lui ai jamais posé la question. Pour être franc, cela ne m'intéressait pas, tout comme sa vie ne m'intéressait pas, même si je l'écoutais avec gratitude quand elle en parlait et la partageait avec moi. J'avais alors moi-même l'impression de faire partie de cette vie, lointain parent que tout le monde ne connaît que de nom mais qui est pourtant bien de la famille.

Parfois elle me disait ce qui se passait à l'hôpital où elle travaillait ou se plaignait des problèmes que lui causait son fils, qui voulait arrêter sa formation. Mais pourquoi je te raconte tout ça ? disait-elle, tu n'es pas mon thérapeute. Puis elle me parlait de son ex qui ne la laissait pas tranquille, alors qu'elle lui avait déjà dit mille fois qu'elle ne voulait plus le voir. Dans l'immeuble où elle habitait, on avait installé un ascenseur, ce qui avait occasionné beaucoup de bruit et de saleté. Maintenant le propriétaire voulait augmenter le loyer alors qu'elle habitait au rez-de-chaussée et n'utilisait jamais l'ascenseur. Son chef faisait l'objet d'une plainte suite à une intervention ratée, ce pour quoi elle ne le plaignait pas. Son fils avait une nouvelle petite amie, une gentille fille, elle espérait que cette fois serait la bonne. Elle parlait à n'en plus finir, puis on couchait encore une fois ensemble, et à un moment donné, elle disait qu'il était temps que je parte, il fallait qu'elle dorme, elle avait une journée de travail fatigante le lendemain. Depuis le lit, je la regardais s'habiller. Elle avait l'habitude de mettre d'abord son soutien-gorge puis sa culotte, ce qui, bizarrement, m'excitait beaucoup. Puis elle tournicotait dans l'appartement en sous-vêtements, rangeait la vaisselle dans le lave-vaisselle, ramassait ses vêtements éparpillés par terre dans le salon, jusqu'à ce que je me lève à mon tour et m'habille.

Je vais bien trouver la sortie tout seul, dis-je. Elle rit et m'embrassa sur la bouche. Au fait, tu as revu Franziska ? lui demandai-je en la serrant de nouveau contre moi. Je préférerais que tu ne lui dises rien sur nous.

Cette relation a duré six ans et je n'aurais pas été fâché si elle avait duré plus longtemps. Mais je fus licencié et me retrouvai encore une fois au fond du trou. Je déclinai plusieurs fois ses invitations et à la troisième elle me demanda si j'avais vraiment encore envie de venir la voir. Je lui dis que ma vie était assez chaotique en ce moment et que j'avais surtout besoin de calme et de temps pour moi. Elle se tut un instant puis elle dit, appelle-moi si tu as encore envie de me voir. Nos rencontres vont me manquer.

Je ne l'ai plus jamais appelée, ce n'était pas une décision que j'avais prise, simplement je repoussais toujours le moment de le faire, jusqu'à ce que je me dise que ce serait vraiment bizarre de me manifester.

De quoi vais-je parler avec Franziska ? Va-t-on se raconter nos vies ? Mais je connais déjà la sienne par la presse, quant à la mienne il n'y a pas grand-chose à dire dessus. Allons-nous retrouver la légèreté de nos discussions d'autrefois sur Dieu et le monde ? Mais aujourd'hui je préfère souvent me taire plutôt que de parler. Allons-nous discuter de l'état du monde ? Du changement climatique ? Des événements actuels ? À quoi bon ? Ses idées ne seront pas plus originales que les miennes ou que celles des journalistes. À quoi bon retrouver Franziska ?

L'idée m'a toujours plu, des retrouvailles après des décennies, des discussions, des embrassades, peut-être davantage. Je me suis gardé de me faire une idée trop précise d'une telle rencontre. Maintenant qu'elle est imminente, elle me fait peur. Elle peut capoter pour cent raisons différentes, mais je n'arrive pas à imaginer comment elle pourrait se passer.

Deux jours avant, je porte ma voiture au garage. Ça fait très longtemps que je ne l'ai pas utilisée et je suis déjà content qu'elle démarre. Ce n'est qu'en discutant avec le garagiste que je me rends compte à quel point j'ai perdu l'habitude d'être avec des gens.

Je peux aller chercher ma voiture dès le lendemain, et au lieu de rentrer directement du garage jusque chez moi, je fais un petit tour. Sans vraiment l'avoir décidé, je me retrouve soudain tout près du petit lac où je me suis baigné plusieurs fois avec Franziska. La plage n'ouvre qu'au début de l'été, il n'y a qu'une voiture sur le parking, mais personne aux alentours. Peut-être qu'elle appartient à un ornithologue ou à quelqu'un venu promener son chien. Le ciel est couvert mais il ne fait pas froid.

L'entrée est ouverte et je descends jusqu'au bord du lac. Tout est comme avant, les vieilles cabines en bois, le kiosque et l'endroit pour faire des grillades, le périmètre délimité par des rondins pour ceux qui ne savent pas nager, le radeau qui oscille à quelques mètres de la rive.

Je m'agenouille et mets la main dans l'eau pour vérifier la température, elle est moins froide que je ne le pensais. Je me retourne, personne aux alentours. Je me déshabille et entre dans l'eau, nu. Je reste un bon moment avec de l'eau jusqu'aux hanches, puis je me jette en avant. Le froid me coupe le souffle un instant. Je nage en m'éloignant de la rive. Si je perds connaissance, personne ne sera là pour m'aider et je sombrerai en silence dans les profondeurs. Je mets la tête sous l'eau en gardant les yeux ouverts. Tout est silencieux. Le lac est plus limpide qu'en été, mais je ne vois malgré tout guère plus que la lumière qui change la couleur de l'eau, quelques longues plantes aquatiques qui ondulent, la chaîne couverte d'algues qui retient le radeau, l'ombre que le radeau projette sur le fond, mon corps livide dans l'eau verte.

On dit que les noyés remontent tous un jour à la surface. Où apprend-on des choses pareilles ? Est-ce que ça prend des jours, des semaines ? Les morts remontent dans mon souvenir, mes parents, mes grands-parents, les deux camarades de classe décédés et au loin d'autres personnes que je ne reconnais pas, corps allongés qui lentement remontent à la surface. Ils ont l'air inquiétant, mais ils ne me font pas horreur, ils font partie de moi, ils sont une partie de moi.

Je remonte à la surface, reprends ma respiration et regagne la rive. Je n'ai pas de serviette et m'allonge nu dans l'herbe, mais j'ai si froid que je finis par enfiler mes vêtements, bien que je sois encore mouillé.

Quand j'arrive à la voiture, Franziska est là, comme si elle m'attendait. Elle me sourit, me fait un signe de la tête et s'engage sur le chemin gravillonné. Au bout de quelques centaines de mètres, elle prend un sentier qui s'enfonce entre les roseaux et conduit à un affût en bois pour les ornithologues. Elle grimpe l'échelle et je la suis. Quand j'arrive en haut, Fabienne est déjà appuyée sur la rambarde et regarde le lac. Elle a les épaules un peu remontées, comme si elle avait froid ou peur de quelque chose. Je suis juste derrière elle, je pose mes mains sur ses épaules. Elle baisse la tête et se penche un peu plus en avant. Je pose mes mains sur ses hanches et les fais glisser sous son imperméable. Elle se redresse, sans faire d'autres mouvements. J'embrasse sa nuque, touche ses seins. Elle se retourne. Au moment où je veux l'embrasser sur la bouche, elle détourne la tête.

Ces derniers jours, j'ai dû regarder cinq fois sur la carte pour savoir quel était le meilleur itinéraire pour aller chez Franziska, et pourtant je me perds dans l'Oberland que je connais mal et où tous les villages se ressemblent. Les routes sont presque désertes, les voitures sont rares, et même les localités paraissent mortes. Je rencontre seulement quelques vieilles personnes, on dirait qu'elles sont à la recherche de quelque chose dont elles doutent elles-mêmes de l'existence.

J'ai compté beaucoup trop large pour le trajet et malgré mes tours et mes détours j'arrive une heure trop tôt. Peu avant d'arriver, je m'arrête sur une hauteur en bordure d'une forêt. L'endroit où habite Franziska est juste en contre-bas, à quelques minutes de là où je suis.

D'ici on a une vue magnifique sur le lac et la rive d'en face et plus loin sur les collines et les montagnes, dont les sommets se perdent dans les nuages. Il doit y avoir des orages dans les montagnes, chose inhabituelle pour la saison.

Je suis nerveux, mon ventre gargouille. Je n'ai rien emporté à lire. Je feuillette un peu le mode d'emploi de ma voiture que j'ai trouvé dans la boîte à gants et j'apprends des choses que je ne soupçonnais même pas. Par exemple, quand on appuie assez longtemps sur la télécommande pour ouvrir les portes, toutes les vitres se baissent en même temps. Tout ce que les constructeurs ne vont pas inventer. J'essaie et effectivement ça marche.

Je m'éloigne du parking et longe l'orée de la forêt. Sur le chemin est installé un banc tous les cent mètres. Sur le dossier de certains bancs il y a une petite plaque qui rappelle quelqu'un, on dirait qu'ici les bancs ont été parrainés. Pour Gerda, à l'occasion de son soixante-quinzième anniversaire. Astrid et Roland pour leurs cinquante ans de mariage. Pour Franziska, l'amour de ma vie.

Je l'imagine en train de se promener en bordure de la forêt, de s'asseoir sur le banc et de penser à moi comme je pense à elle.

Le jardin est entouré par une haute haie, de la rue on ne voit que la haie et l'entrée. Le reste de la maison est étrangement estompé, comme s'il était dissimulé par un brouillard invisible. Je reste encore un moment assis dans la voiture, puis à la minute exacte j'appuie sur la sonnette. Comme si Franziska avait attendu derrière la porte, celle-ci s'ouvre aussitôt et on se retrouve face à face, on se regarde d'abord sans rien dire. Franziska n'a pas changé, il semble impossible qu'elle ait l'air encore aussi jeune. Elle sourit, dit viens entre. Elle tourne les talons et me conduit à travers un vestibule lumineux jusqu'à un grand salon. Il est meublé avec goût, on voit que les meubles ne sont pas bon marché et en même temps qu'ils ont sans doute été choisis et arrangés par quelqu'un qui n'habite pas ici. La pièce a quelque chose d'impersonnel, presque de stérile, j'ai l'impression d'évoluer dans un catalogue de meubles. Sur la table en verre, entre fauteuils et canapé, se trouve un plateau avec une carafe vide, des verres, une cafetière et deux tasses. Tu veux du café ? demande Franziska. Elle semble aussi embarrassée que moi, mais elle sait mieux s'en tirer. Je fais un signe de tête, volontiers. Elle se penche en avant, fait comme si elle allait remplir les deux tasses, mais aucun café ne coule de la cafetière. La main de Franziska tremble un peu. Noir et sans rien, c'est ça ? Oui, dis-je, tu t'en souviens ? Et toi avec beaucoup de lait. Plus de sucre, dit-elle, à mon âge il faut faire attention à sa ligne. Elle verse du lait invisible. Tu es splendide, tu n'as absolument pas changé. Toi non plus. Je regarde mes mains qui tiennent la tasse vide, elles ont effectivement l'air beaucoup plus jeunes que dans mon souvenir. Nous ne disons que des bêtises, nous nous en rendons sans doute compte et nous préférons nous taire. Au bout d'un moment, Franziska demande, tu veux que je te montre la maison ? Elle n'a pas touché à sa tasse.

Elle me fait visiter la maison comme le ferait une agente immobilière pour un client intéressé, elle montre les différents avantages, annonce le nombre de salles de bain et de toilettes. La maison a été construite dans les années soixante, elle est plus vieille que nous. Mais tout a été rénové à grands frais, l'enveloppe de la maison et la toiture ont été isolées. Dirait-elle vraiment l'enveloppe ? Mon bureau, ma bibliothèque, ma chambre. La chambre d'amis. Dans cette pièce, j'ai mis toutes sortes de choses, de vieilles affaires, des dossiers de comptabilité, des enregistrements. Si tu veux un de mes CD, dis-le, j'ai plus de copies qu'il n'en faut. J'ai fait installer un petit studio dans la cave où j'enregistre parfois certains morceaux. Non, je ne m'occupe pas moi-même du jardin, c'est le jardinier qui fait ça, il vient une fois tous les quinze jours. Aucune idée de ce que peut être cet arbre, il doit être plus vieux que la maison. Un érable à sucre ? La piscine fait dix mètres de long, elle est chauffée par une pompe à chaleur.

Hier, je me suis baigné dans notre lac, dis-je. C'est lequel notre lac ? demande-t-elle. Là où nous allions toujours nous baigner, tu ne te rappelles plus ? Ah oui, dit-elle. On y est allés si souvent que ça ? Ça fait des années que je ne me suis plus baignée dans un lac. J'ai toujours peur que quelqu'un puisse me photographier en maillot de bain et que les photos soient publiées. Nous restons debout près de la piscine sans rien dire, nous avons tous les deux imaginé différemment cette rencontre.

Oui, dit Franziska, tu étais mon premier amour. Je ne peux pas croire que tu ne t'en sois pas rendu compte. Elle parle d'une voix monotone, comme si elle lisait un texte qu'elle ne comprend pas. Quand nous avons partagé une chambre dans la Forêt-Noire, quand je t'ai proposé de passer la nuit chez moi à Coire. Nous nous embrassons, mais j'ai l'impression d'embrasser dans le vide. Je regarde ma montre, il est deux heures.

Sur le chemin du retour, je me demande ce que je dois écrire à Franziska. Je pourrais dire que je suis tombé malade, que je n'ai pas trouvé sa maison, m'excuser sans donner de motif. Elle comprendrait. Peut-être d'ailleurs qu'elle ne répondrait pas. Elle recevait sans doute un tas de lettres et de mails de gens qui voulaient tous quelque chose.

Avant de partir, j'avais fermé tous les volets, comme si je partais pour un voyage d'où je ne reviendrais pas de sitôt. Dans la maison, il fait plus sombre et plus frais que dehors. Tout est à sa place, pourquoi pas d'ailleurs ? Les animaux en origami m'exaspèrent soudain. Je ne fais pas partie de ces cinglés dont on parle parfois dans le journal, qui ne sortent plus de leur maison bourrée à craquer et font des choses stupides, ne parlent à personne pendant des années et ne vivent que de soupes en sachet et de biscottes. Et qu'on retrouve des semaines après leur mort, et tous les voisins disent, mais qui aurait cru, il était très discret, un homme aimable et réservé.

Qu'est-ce que diraient les voisins sur moi ? Ils me connaissent aussi peu que je les connais. Au fil des années, la plupart des maisons ont été vendues ou données en héritage, des gens nouveaux sont arrivés, je n'ai pas cherché le contact. Je leur dis bonjour quand ils me disent bonjour, je ne connais pas leur nom. Je vais chercher un balai et nettoie toute cette ménagerie que je mets à la poubelle, là où est sa place.

La maison me paraît très vide, plus vide que jamais. J'essaie de penser à Franziska, mais elle a disparu, il ne reste plus qu'un nom, Fabienne, et une image comme on pourrait en voir dans la presse et un baiser dans le vide. Tu ne voulais pas vraiment me voir, n'est-ce pas ? Tu m'as dit oui par gentillesse, par amabilité, pour ne pas paraître arrogante. Elle ne répond pas. Elle sourit. Mais ce sourire n'est pas pour moi, c'est le sourire figé et artificiel destiné au public, un sourire qu'elle reproduit comme une mécanique.

Je suis assis devant mon ordinateur, à l'écran est affiché un mail adressé à Franziska mais que je n'ai pas encore écrit. Je ne sais pas quoi lui écrire. Le mieux serait peut-être que je ne donne plus signe de vie. Elle comprendra et se réjouira en secret.

La nuit tombe. Je suis toujours devant mon ordinateur, l'écran s'est éteint. À ce moment la sonnerie du téléphone m'arrache à mes pensées. Ça sonne trois, quatre, cinq fois. Appel inconnu est écrit sur l'écran. Finalement je prends l'appel et dis mon nom. Pourquoi tu n'es pas venu ? C'est la voix de Franziska. Elle n'a pas changé, juste peut-être un peu plus grave, mais sa façon de parler est toujours la même. Nous avions rendez-vous, tu m'as oubliée ?

Je ne sais pas quoi dire. J'étais là, dis-je, je suis arrivé très en avance. Je me suis garé en bordure de la forêt au-dessus du village. Vous avez une superbe vue. Franziska rit. Et tu t'es dit, maintenant que j'ai vu le paysage, je peux repartir ? J'aurais pu te dire les noms des différents sommets, je les connais tous. Comme mon grand-père, dis-je, il savait ce genre de chose. C'est, j'espère, la seule qualité que je partage avec lui. C'était un homme très affable, dis-je.

La conversation s'installe sans peine. Cela fait des semaines, des mois, que je n'ai pas échangé plus de quelques phrases avec quelqu'un, mais Franziska m'aide. Elle me dit qu'elle me comprend parfaitement. Que je craignais sans doute de la déranger. Elle reçoit en effet tout un tas de courrier. Des gens qui me parlent de leurs peines de cœur et qui me demandent des conseils, des professeurs qui ont relevé des fautes de grammaire dans mes textes, des gens qui me proposent des placements, des hommes dont je n'ai encore jamais entendu le nom et qui me font des déclarations d'amour. C'était en fait mon intention, dis-je. Franziska rit sans se gêner. Tu as déjà essayé une fois, me semble-t-il.

Nous parlons pendant au moins deux heures, mon oreille est brûlante à cause de la pression du combiné. Je déambule dans la maison tout en téléphonant et j'ai l'impression que Franziska est avec moi et que je lui montre ma vie désolante. En même temps, c'est comme si tout ça appartenait à quelqu'un d'autre, comme si ce n'était pas ma maison, et je regarde les meubles, les tableaux, les photographies comme si tout cela était à une autre personne, à un étranger. Mais nous ne parlons pas de ça. Nous ne parlons presque que du passé et nous rions beaucoup, je n'ai sûrement pas autant ri pendant toute une année que durant ces deux heures.

Il est étonnant de voir à quel point Franziska se souvient des choses, mieux que moi parfois, ou bien elle en a un souvenir totalement différent. J'ai l'impression qu'on s'est vus il n'y a pas longtemps, dit-elle. Oui, dis-je, j'ai la même impression. Tu n'as absolument pas changé. Tu dis ça parce que tu ne me vois pas. Elle rit et pousse un petit gémissement. Qu'est-ce que tu as ? demandai-je. Quand je ris, ça me fait toujours mal au dos, dit-elle en riant à nouveau, on se fait vieux, quand nous n'aurons plus mal nulle part, nous serons morts. À un moment donné, elle dit qu'elle doit aller se coucher pour se refaire une beauté pendant son sommeil. Tu es chez toi, demain ? Je suis toujours chez moi. On pourra se rappeler. On ne s'est pas encore tout dit, loin de là. Je t'appellerai.

En fait j'aimerais bien faire une promenade, les promenades sont devenues des moments incontournables dans le déroulement de mes journées, mais je n'ose pas sortir par peur de manquer l'appel de Franziska. Je reste assis toute la journée près de la fenêtre donnant sur la rue et regarde ce qui se passe. Mais il ne se passe presque rien. Une femme passe avec une voiture d'enfant.

La conversation de la veille a déclenché en moi une étrange euphorie, bien que nous n'ayons échangé que des souvenirs de jeunesse. Franziska et moi, nous pourrions redevenir amis, nous voir, je pourrais l'accompagner à ses concerts, l'attendre derrière la scène, éloigner les admirateurs trop empressés et, tard dans la nuit, boire un verre avec elle au bar d'un hôtel dans une ville quelconque. Je ne veux pas davantage. Mais plus l'appel se fait attendre, plus je me sens oppressé. Dans ses concerts, elle est certainement entourée de toute une foule de gens et je ne ferais que déranger. Et qui me dit qu'elle n'a pas de petit ami ou au moins un amant ? Les hommes doivent se bousculer pour la rencontrer et être vus avec elle. Elle est belle, elle a du succès, elle a de l'argent. Se montrer avec moi, et c'est là la pire des pensées, ne pourrait être que gênant pour elle. Qui est ce nouvel homme à côté de Fabienne ? Un documentaliste au chômage, un misanthrope aigri. Personne n'a jamais entendu parler de lui. Et comme il est habillé ! Et cette coiffure ! Quel couple grotesque !

Je fais une lessive, histoire de faire quelque chose. La moitié de mes chaussettes a des trous, les cols de mes chemises sont élimés, mes pantalons sont effrangés en bas. Je n'ai jamais porté attention à mon apparence, je me soigne juste assez pour ne pas me faire remarquer, pour me fondre dans la masse, pour être invisible. Maintenant j'ai honte de mon apparence. Je sors une chemise et un pantalon et les accroche à un cintre devant la penderie, mon costume pour une entrée en scène qui n'aura peut-être jamais lieu.

Le téléphone ne sonne que le soir. Hello, se contente de dire Franziska après que j'ai dit mon nom. Sa voix semble très proche, beaucoup plus proche qu'hier. Tu étais en train de faire quoi ? J'attendais ton appel, dis-je, en essayant de ne pas prendre un ton de reproche. Désolée, dit-elle, j'aurais dû t'avertir que je ne peux pas avant le soir. J'étais toute la journée en ville.

L'idée qu'elle fasses des choses, aille à droite et à gauche, rencontre des gens me blesse. J'aurais aimé qu'elle reste comme moi toute la journée dans sa maison à penser à moi et à se réjouir de notre conversation, à se l'imaginer, à penser à ce qu'elle voudrait me dire.

Je ne veux pas t'empêcher de faire quoi que ce soit, ça ne me regarde pas ce que tu fais. Elle a un rire étonné et me demande, pourquoi tu dis ça ?

Maintenant elle doit me prendre pour un fou, un harceleur qui veut tout savoir sur elle, qui l'observe et qui va devenir un problème si elle ne s'en débarrasse pas au plus vite.

Désolé, dis-je, je raconte des bêtises. Peut-être que j'ai un peu trop pensé à nous. À nous, dit-elle, ça sonne bizarre. Et toi, tu fais quoi ? demandai-je pour changer de sujet. J'ai une piscine, dit-elle. C'est une activité ça ? Ne sois pas mauvaise langue, dit-elle, je suis assise au bord de la piscine en buvant quelque chose et en téléphonant à un ami. Je me demande si elle est en maillot de bain, mais je n'ose pas lui poser la question.

Notre conversation est plus sérieuse cette fois, elle est moins fluide, parfois il y a de longs silences où nous ne savons pas quoi dire. Franziska parle de ses tournées mais je ne peux m'empêcher de penser que nous parlons en fait d'autre chose, que cet autre sujet est la basse continue de notre conversation et que nos mots ne sont que des notes en surface, des harmoniques.

Après ce début raté, je n'ose pas questionner Franziska sur sa vie actuelle, si elle travaille sur un CD, si elle a d'autres projets, des concerts de prévus, si elle a un petit ami. C'est bizarre, dit-elle, tu es le seul qui m'appelle Franziska, même mes parents ne m'appellent pas comme ça. Pourtant c'est toi qui as trouvé mon nom d'artiste. Tu veux que je t'appelle Fabienne ? Non, non, s'empresse-t-elle de dire, pour toi je suis Franziska et ça doit rester comme ça. Que veut-elle dire par là ? Que je dois rester dans le passé, que c'est là ma place ? Que Fabienne ne me concerne en rien ? Que la fille à qui j'ai naguère déclaré mon amour n'existe plus depuis longtemps ?

Au bout d'une heure environ, Franziska dit qu'elle est fatiguée, qu'elle a eu une longue journée. Elle se tait. On se retéléphonera ? demandai-je sur un ton mal assuré. Peut-être demain ou après-demain, dit-elle, je ne t'appellerai sûrement pas avant huit heures. Pas que tu restes encore toute la journée à la maison à attendre mon coup de fil. Elle rit encore une fois. De toute façon, j'étais à la maison, dis-je. Dors bien, dit-elle.

Franziska appelle effectivement le lendemain. Cette fois elle me pose beaucoup de questions, elle veut savoir ce que j'ai fait pendant toutes ces années où nous ne nous sommes pas vus. On aurait dit qu'elle s'était préparée à ce coup de fil comme une journaliste se préparant à une interview. Mais je me demande pourquoi. Qu'est-ce qu'elle attend de moi ? Qu'est-ce qu'elle veut entendre ? Pourquoi s'intéresse-t-elle comme ça à moi ? Je ne sais pas comment je dois répondre à toutes ces questions.

Au moment où je parle de mon travail, elle me demande si c'est intéressant. Je ne me suis jamais posé la question, dis-je, et je ne peux m'empêcher de rire, vraiment jamais. J'étais content d'avoir ce poste après mes études et j'ai aimé faire ce travail. Il n'était pas fatigant, il était relativement bien payé et varié. Mais c'est vrai qu'il n'était pas vraiment intéressant. Je n'ai rien créé de nouveau, j'ai simplement classé et rangé ce que d'autres ont fait.

J'aimerais bien lui parler de l'Être au monde, de Dieu comme grand archiviste qui enregistre nos actions non pour nous juger mais pour que rien ne se perde. L'univers comme de gigantesques archives n'ayant d'autre but que de se refléter elles-mêmes, réseau infini de choses, d'êtres et d'événements tous reliés les uns aux autres et au milieu nous deux, complètement insignifiants mais pas seuls.

Tu es encore là ? demande Franziska. Tu as sûrement dû rencontrer beaucoup de monde, dit-elle pour m'aider. Plutôt des contacts superficiels, dis-je. On nous passait des commandes et nous y répondions. Mais maintenant tout est informatisé. Les journalistes vont chercher eux-mêmes leurs matériaux. On n'a presque plus besoin de documentalistes. Elle me demande ce que je fais en ce moment, si j'ai des projets, autant de questions que je redoutais. Je lui dis que je n'ai pas d'emploi en ce moment. J'évite le mot chômeur. Je travaille bel et bien et ce fut ma décision de ne pas chercher un nouvel emploi.

Je parle à Franziska des archives dans ma cave, même si, maintenant que j'en parle, ça me paraît fou, tout comme pour elle sans doute. Elle semble effectivement rester un moment sans voix. C'est un trésor gigantesque, dis-je, un monde pour soi, dans ces archives il y a des dizaines de milliers d'heures de travail. Ma mère gardait autrefois tout ce qui se rapportait à moi, dit Franziska, les interviews, les portraits, les annonces de concert. À un moment, elle était alors très âgée, elle m'a tout donné, un grand carton plein de papiers. Je l'ai mis au grenier. J'ai l'impression qu'elle veut dire encore quelque chose mais elle hésite, puis elle continue. Tu le voudrais ? Un dossier sur ta vie ? Je voulais en créer un, mais finalement je ne l'ai pas fait. Peu importe ce que j'aurais mis dedans, ça aurait été toujours trop ou trop peu. Durant ces dernières semaines, j'ai souvent réfléchi à ma vie, plus que jamais, j'ai lu et classé de vieilles lettres, regardé des photos, des souvenirs sont remontés, mais je ne suis pas sûr que ça m'ait fait du bien, que ça m'ait fait avancer. J'ai soulevé la poussière des sédiments et maintenant je suis dans un tourbillon où je ne vois plus rien.

Cette fois, c'est moi qui hésite. Franziska pousse de nouveau un gémissement, comme lors de notre première conversation. Mon dos, dit-elle, ce n'est rien. Tu n'as jamais mal quelque part, toi ? Tu n'es pas plus jeune que moi. J'ai arrêté avec les archives, dis-je. Il y a juste quelques semaines. Comme ça ? demande-t-elle. Oui, comme ça. Je ne sais pas encore ce que je vais faire avec tous ces dossiers. Peut-être que je vais tout jeter. Même mes vieilles affaires, les lettres, les photos, les notes. Et tu veux faire quoi après ? demande Franziska. Sa voix a quelque chose d'inquiet. Commencer quelque chose de complètement nouveau.

Mes paroles sont allées plus vite que mes pensées. Je n'ai jamais songé sérieusement à commencer quelque chose de nouveau, mais j'aurais honte d'avouer devant Franziska que je n'ai aucun but dans ma vie. C'est excitant, dit Franziska. Je t'envie un peu. Mais elle me dit aussi que je ne dois pas me débarrasser des archives comme ça. J'aimerais bien les voir, tu me montreras un jour ? Bien sûr, dis-je, tu peux venir quand tu veux. Mais d'ici on ne voit pas les montagnes. Des montagnes de papier, dit Franziska en riant, fais attention, je pourrais vraiment passer. Puis elle me dit des choses que je pourrais faire, ouvrir un café ou apprendre à jouer du piano et l'accompagner en tournée. Tu pourrais commencer des études de théologie, dit-elle. Pourquoi la théologie ? On a besoin de prêtres et ils sont bien payés. Ou bien professeur, on en a toujours besoin. Je ne suis pas obligé de me décider aujourd'hui, dis-je. Ou courtier à la Bourse, dit Franziska, ou bien tu pourrais élever des poules dans ton jardin ou des pigeons.

Qu'est-ce que tu fais en ce moment ? demandai-je pour freiner son ardeur. Ça fait longtemps qu'il n'y a plus rien sur toi dans la presse. Tu as un dossier sur moi ? Oui, bien sûr, dis-je, ce n'était pas mon idée. Après tout, tu es un personnage public. J'aimerais bien ne pas l'être, dit-elle en soupirant. Mais tu maîtrises. Jusqu'à un certain point oui, dit-elle. Je peux empêcher que les journalistes viennent chez moi ou se postent devant l'église pour mon mariage, mais je ne peux pas les empêcher de parler de moi ni de faire des spéculations. Mais tu ne t'es jamais mariée, dis-je.

J'ai essayé de garder le contrôle, dit-elle, quand j'ai donné des interviews j'ai toujours demandé à relire les citations, ce qui n'a pas toujours marché. Je ne pouvais pas faire plus.

Franziska est debout entre les étagères, elle sort un dossier, lit le titre, le remet en place, en prend un autre, Anatomie humaine, Cytologie, Histologie, Physiologie humaine, Santé et sécurité personnelles, Toxicologie. Et tu connais toutes les rubriques par cœur ? Beaucoup dis-je. Après toutes ces années. Mais il y a des domaines qui n'apparaissaient que rarement au quotidien. Ou bien qui ont été à la mode pendant un certain temps avant de disparaître, comme si jamais personne ne s'en était occupé. La théorie du chaos, tu te souviens ? Tout le monde en parlait dans les années 90. Les arbres de Mandelbrot, le battement d'ailes du papillon qui peut déclencher une tornade. Ça n'intéresse plus personne aujourd'hui. La cybernétique, la nanotechnologie. Aujourd'hui tout le monde parle d'intelligence artificielle, comme on en parlait déjà il y a trente ans, mais ça va passer aussi.

Franziska sort de l'allée, tourne la manivelle pour déplacer un rayonnage. Le poids du monde, dit-elle, au moment où le rayonnage vient buter contre l'autre dans un bruit sourd. Elle se glisse dans l'allée qui s'est ouverte, prend le paquet de dossiers vides qui se trouve là. Bruits de l'eau, Bruits des oiseaux en vol, Odeur du sommeil, Démons de midi. Rien n'a été écrit là-dessus ?

Ce sont des dossiers que je viens de créer et que je ne sais pas encore comment remplir ni où ranger, dis-je. C'est le problème de tout système de classement, il y a toujours beaucoup de choses qui ne trouvent pas leur place et qui passent à la trappe. Surtout les bruits de l'eau, dit-elle en ouvrant le dossier. Mais de toute façon là-dedans il n'y a rien. Il n'est pas vide, dis-je. J'imagine toujours que tout est dans ces dossiers, sauf que tout n'est pas écrit. Celui-ci contient tous les bruits de l'eau, tu peux les entendre ? Et moi tu m'as mise où ? demande Franziska en reposant les classeurs. Ton dossier est en haut, dis-je, je l'ai consulté il n'y a pas très longtemps.

Franziska tient son dossier dans ses mains, elle l'ouvre et le feuillette dans tous les sens. Ma vie, dit-elle en riant, mais ce n'est que du papier, ce ne sont que des mots. Elle passe la main sur les pages de journaux et de magazines, effaçant ce qui est écrit comme on chasse la poussière, il ne reste que du papier vierge, des feuillets vides, jaunis, tachés, usés à force d'être touchés, froissés, déchirés à certains endroits. Elle ferme le classeur, le repose et s'approche tout près de moi. Ce n'est pas moi qui suis dans ton dossier, dit-elle. Aucun mot n'est vrai, aucune photo. Ce n'est pas moi. Je suis celle que je suis. Elle rit. Je suis celle qui est toujours là.

Cette nuit-là, nous nageons de nouveau ensemble dans le lac, Franziska m'entraîne dans les profondeurs, plus loin que jamais. Nous évoluons en spirale à mesure que nous descendons dans la plus parfaite obscurité, elle esquive mes baisers, sourit, viens avec moi. À un moment donné, nous plongerons si profond que je ne retrouverai plus le moyen de remonter à la surface. Le matin je suis en nage, épuisé, comme si je n'avais pas dormi du tout.

Ton premier petit ami, dis-je. Aujourd'hui, Franziska n'a appelé qu'à dix heures du soir, je me disais qu'elle n'appellerait plus. Celui dont tu n'as même pas révélé le nom aux journalistes. C'était qui ? Franziska se tait, je ne sais pas si elle réfléchit ou ne veut pas répondre. C'était moi ? insistai-je. Je l'ai seulement inventé pour qu'on me laisse tranquille, finit-elle par dire. Mais s'il avait existé, ça aurait été toi. D'ailleurs tu n'es pas le premier *à vouloir* savoir.

Anita lui a posé la question. Et a parlé à Franziska de notre relation. Pourquoi tu l'as quittée ? demande-t-elle. Je ne l'ai pas quittée, depuis le début, c'était juste une relation sans lendemain, dis-je. Pourtant elle a duré longtemps. Je dis que j'avais eu mauvaise conscience. Je n'ai jamais vraiment été amoureux d'elle, et elle de moi sûrement pas non plus. Tu en es sûr ? demande Franziska. As-tu déjà dit à une femme que tu l'aimais ? Tu es bien placée pour le savoir, dis-je. C'était il y a quarante ans, nous étions des enfants. On tombait amoureux toutes les semaines de quelqu'un d'autre. Pas moi, je n'ai été amoureux que de toi. Et c'était il y a trente-neuf ans. Et depuis tu ne l'as plus dit à aucune autre femme ?

Ça serait le moment d'avouer mon amour à Franziska, mais je ne le fais pas. Elle me semble soudain très étrangère et je suis irrité par ses questions et la critique qui s'y dissimule. Est-ce que je la reconnaîtrais si nous nous rencontrions ?

Peut-être n'ai-je plus jamais eu assez confiance en moi, dis-je. Une déclaration d'amour n'est pas une promesse de mariage, dit Franziska. Je ne peux m'empêcher de penser à l'interview avec elle et son footballeur ; elle avait dit qu'elle ne croyait pas au coup de foudre mais qu'elle éprouvait un grand amour pour son partenaire. Et tu as dit à chacun de tes hommes que tu l'aimais ? Et tu les as tous aimés, le producteur, le footballeur, le chanteur et que sais-je encore ? Jusqu'au dernier que tu as mis dans ton lit ? Oui, dit Franziska d'une voix parfaitement neutre, je les ai tous aimés et je le leur ai dit. Et à un moment donné, c'était terminé. Il n'y a qu'à moi que tu n'as pas pu le dire. Elle rit. Que sais-tu de ma vie ? Tu crois vraiment ce qu'il y a dans les magazines, dans tes dossiers ? La vie n'est pas faite de papier. Elle se met à chanter, sa voix a quelque chose de moqueur.

Si tu ne comprends pas qu'il te faut revenir. Je ferai de nous deux mes plus beaux souvenirs. Je reprendrai ma route, le monde m'émerveille. J'irai me réchauffer à un autre soleil. Je ne suis pas de celles qui meurent de chagrin. Je n'ai pas la vertu des femmes de marins*...

Il y a un long silence, puis Franziska dit que le temps perdu ne se rattrape pas, tu devrais le savoir. Dors bien. Avant que je puisse répondre quoi que ce soit, elle raccroche.

Franziska n'a plus donné signe de vie et je ne peux lui en vouloir. J'aimerais bien l'appeler pour m'excuser, mais je ne lui ai jamais demandé son numéro et sur l'écran de mon téléphone il y avait toujours marqué : appel inconnu. Je passe toutes mes journées chez moi à traîner sans rien faire, je ne vais même pas chercher les journaux dans la boîte qui déborde. Je ne fais rien non plus dans la maison ou dans le jardin, je suis comme paralysé. La seule chose que je fais encore, ce sont des promenades. Je longe la rivière et essaye de rattraper les souvenirs de Franziska, de penser à elle comme je l'ai fait avant, mais les photos sur papier glacé de son dossier viennent s'interposer devant les images de nos moments passés ensemble, et j'entends les paroles moqueuses que Franziska a chantées pour moi lors de notre dernière conversation téléphonique. J'irai me réchauffer à un autre soleil. Je ne suis pas de celles qui meurent de chagrin. Je n'ai pas la vertu des femmes de marins.

J'ai l'impression qu'elle m'a repoussé une deuxième fois, réitérant son refus comme d'autres réitèrent leurs vœux de mariage.

Le monde entier me semble transformé, le ciel paraît plus lointain, l'air plus transparent, les couleurs plus nettes. Même les bruits semblent être devenus plus forts et en même temps plus menaçants. C'est presque comme lors de ma première promenade il y a deux mois, quand l'abondance de mes perceptions m'enivrait et m'angoissait.

Aujourd'hui, au bord de la rivière, je n'ai pu m'empêcher de penser que, dans les moments les plus heureux de ma vie, j'étais toujours seul. C'est en fait une pensée triste. Mais pourquoi ? Parce que je me suffis à moi-même ? Autrefois j'ai beaucoup lu, vivant davantage dans des mondes inventés que dans le monde réel. Maintenant je me crée moi-même mon monde. Mon imagination m'a donné tout ce que je pouvais désirer. La réalité ne pouvait jamais tenir le rythme. Il y avait toujours un reste de doute où je me demandais si j'avais conclu un pacte avec le diable, si cette vie me suffisait, où j'imaginais que tout était facile, que tout me réussissait, où Franziska m'aimait, où nous étions ensemble. Il y avait toujours des moments de lucidité comme aujourd'hui au bord de la rivière où je m'imaginais que la réalité pourrait être bien davantage, plus riche et intense que toutes les représentations. Ce sont les moments les plus heureux et en même temps les plus tristes de ma vie, bonheur qui s'éprouve comme un malheur ou malheur qui s'éprouve comme un bonheur. C'est la même chose. Je prends alors conscience de ce que pourrait être la vie mais aussi à quel point je m'y suis peu abandonné. Quelqu'un déplorerait-il ma perte, si je n'étais plus là ? Les quelques personnes qui m'écrivent encore des cartes pour mon anniversaire et pour Noël ? Pas même elles. Quand elles tomberont un jour sur l'annonce de mon décès dans le journal, elles bifferont mon nom dans leur carnet d'adresses en m'accordant une dernière pensée et ce sera comme si je n'avais jamais existé. J'ai toujours été l'Étant-là. J'ai été ce que j'ai toujours été. Je suis celui que je suis. Un vide.

Cette semaine il pleut si souvent et si fort qu'il est impossible de penser à aller se promener. Pour échapper au vide de la maison, je prends ma voiture et sillonne sans but la région. Parfois je m'arrête entre deux localités, gare ma voiture en bordure d'une forêt ou sur un chemin de campagne et je regarde fixement le paysage. Je coupe les essuie-glaces et la pluie m'enveloppe. Une fois je me rends compte que je suis tout près de là où habite Franziska. Je me gare à nouveau en bordure de la forêt et regarde le lac en bas. Les sommets sont happés par les nuages qui ressemblent à des montagnes mouvantes, comme si s'était accélérée la période où surgissent et disparaissent les montagnes.

Je pense aux hommes qui ont vécu ici il y a des milliers d'années, les premiers hommes qui, venus d'on ne sait où, ont érigé des constructions sur pilotis le long des berges du lac. Ils pêchaient, chassaient dans les forêts, cueillaient des champignons et des baies. Ils tissaient des étoffes, faisaient des pots et des instruments d'une qualité et d'une beauté étonnantes. Ils amassaient des provisions pour l'hiver. Ils se faisaient certainement du souci, se demandant si ces provisions allaient suffire, si la neige allait arriver tôt et rendrait difficile le ramassage de bois pour faire du feu. Comme le monde devait être terrible et beau à cette époque, quand tout n'était que ce qu'il était, une cabane, un endroit pour faire du feu, une pierre à aiguiser, un pot en terre cuite, un filet de pêcheur.

Il y a quelques années, lors de fouilles entreprises à proximité de la rive, on a découvert le squelette d'une jeune femme qui avait dû se noyer dans le lac il y a six mille ans, cela m'a plus touché que tous les vestiges sensationnels qui avaient été retrouvés, outils, armes, poteries. Peut-être que la jeune fille était allée se baigner comme Franziska et moi, peut-être avec son amoureux ou bien en pensant à lui. Elle devait avoir un nom, une famille, une vie. Peut-être était-elle têtue ou douce ou passionnée. Peut-être était-elle belle. Dans le journal on pouvait voir une photo de son crâne, il se trouve maintenant, bien conservé, dans le dépôt d'un centre de recherche ou d'un musée, voilà tout ce qui reste de cette jeune femme, rien.

Je continue ma route, m'arrête devant la maison de Franziska. Elle est exactement comme je me la suis imaginée, seulement un peu plus petite et marquée par le temps. Est-ce que j'ai vu une photo quelque part ? Ou Anita me l'a-t-elle décrite à l'époque ? Depuis la rue on ne voit effectivement que l'entrée et une grande haie d'ifs. J'imagine que Franziska regarde par l'une des fenêtres, m'aperçoit et me fait signe de venir. Elle est debout sur le seuil, pieds nus et porte une sorte de kimono. Je suis désolée, dit-elle, je ne voulais pas te blesser. Il faut que je m'excuse. Elle secoue la tête, regarde par terre, je fais un pas en avant et la prends dans mes bras. Nous restons comme ça pendant un long moment, je sens la chaleur de son corps à travers l'étoffe en soie, ses cheveux sur mon visage. Bruit de la pluie... Il faut que j'arrête avec ça, j'ai parlé tout haut et je suis un peu effrayé par le son de ma voix. Il faut que j'arrête.

Je suis assis dans la voiture, les alentours se brouillent sous l'effet de la pluie qui coule sur le pare-brise. Les vitres sont embuées à l'intérieur et je baisse un peu ma vitre. Pluie qui tambourine sur le toit de la voiture, bruit clair de l'eau qui coule sur la route en petits ruisseaux, glouglou quand elle disparaît dans les égouts. Rumeur de la circulation sur la route toute proche qui traverse le village. Un grondement puissant entrecoupé de sifflements et de battements, la benne à ordures passe à ma hauteur, deux hommes en ciré orange lancent les sacs remplis de déchets dans l'ouverture à l'arrière. Devant la maison de Franziska il n'y a pas de poubelle.

On entend les cloches de l'église, onze heures, dans une demi-heure peut-être quelques enfants vont remonter la rue, des petits avec des gilets fluorescents et des plus grands avec leur cartable sur le dos, quelques-uns poussent leur bicyclette dans la montée et passent à côté de ma voiture. Un peu plus haut, deux adolescents s'arrêtent, un garçon et une fille. Ils discutent, je les observe pendant au moins dix minutes, avant que la fille jette un coup d'œil sur sa montre, fasse une mine à la fois effrayée et amusée, dise quelque chose et file dans la rue adjacente. Le garçon la suit un moment des yeux, puis il reprend sa bicyclette qu'il continue de pousser dans la montée. Savoir s'il est amoureux d'elle ? S'il lui dira ? S'ils arriveront à être ensemble ou s'ils vont se perdre de vue, une fois que la vie les aura séparés ?

Pendant l'heure de midi, le quartier est très calme, même le bruit de la circulation dans la rue principale a presque disparu. Le soleil a fait une brève apparition entre les nuages, provoquant des reflets sur la chaussée mouillée, puis la couverture nuageuse s'est refermée, et peu après il se remet à pleuvoir.

Je n'ai rien mangé depuis le petit déjeuner, mais je n'ai pas faim, il faudrait simplement que j'aille aux toilettes, mais je ne veux pas quitter mon poste d'observation. Une fois la lumière s'allume à l'entrée de la maison de Franziska. Ce n'est qu'un chat qui a déclenché le détecteur de mouvement et qui s'esquive, vexé. Je m'étonne que la lumière fonctionne même en pleine journée, peut-être que Franziska a peur des intrus ? Je me demande si elle a une alarme, des caméras de surveillance.

Peu avant quatre heures, une voiture s'arrête devant la maison, Anita en descend et grimpe à pas rapides les marches du perron. Arrivée sous le porche, elle cherche la clef dans son sac. Elle n'a pas beaucoup changé depuis que nous étions ensemble, en fait pas depuis que nous allions au lycée. Elle a trouvé la clef, ouvre la porte et disparaît dans la maison.

J'hésite un long moment mais c'est ma dernière chance d'avoir des nouvelles de Franziska. Je sonne. Rien. Je sonne une deuxième fois, peut-être qu'Anita va ouvrir en se disant que c'est le facteur ou un coursier. Effectivement la porte s'ouvre un instant après et Anita me fixe. Qu'est-ce que tu fais là ?

Je voulais m'excuser auprès de Franziska, dis-je. Nous avons… Je sais, m'interrompt-elle sans ménagement, elle m'a raconté. Elle n'est pas ici. Anita fait mine de vouloir fermer la porte, mais comme je ne bouge pas, elle la rouvre. Tu veux rentrer ? me demande-t-elle d'une voix plus aimable. Tu es déjà venu ici ? Je secoue la tête et la suis dans l'entrée lumineuse qui est meublée de façon étonnamment conventionnelle, presque un peu ennuyeuse. Tu veux un café ? me demande-t-elle en me précédant dans une grande cuisine d'où l'on peut voir le jardin, le lac et les montagnes enveloppées par les nuages. Franziska ne serait sûrement pas contre que tu sois ici. Elle t'aime vraiment beaucoup, même si tu l'as blessée. Où est-elle ? demandai-je. Elle est en déplacement pour quelques jours, dit Anita sans vouloir s'étendre.

Entre-temps elle a fait couler deux cafés de la machine à expresso et m'en a tendu un. Puisque tu es là, dit-elle en riant, tu pourrais aussi t'excuser auprès de moi de ne plus jamais t'être manifesté.

Je suis désolé, dis-je, les dernières années ont été une période difficile. Ce qui est passé est passé, dit Anita. Tu veux que je te montre la maison ?

Je me demande ce que dirait Franziska, mais Anita ne peut résister à l'envie de me conduire à travers la maison, comme si c'était la sienne. C'est presque touchant de voir son enthousiasme pour tout ce qu'elle me montre, les quatre salles de bain, la baignoire ronde, les machines dans la cuisine et le petit studio insonorisé dans la cave. Franziska m'a dit que je pouvais habiter ici pendant son absence, elle préfère quand la maison n'est pas vide. Mais c'est compliqué pour moi. Je suis simplement venue arroser les plantes. Mon appartement n'est pas mal non plus. Toujours le même ? demandai-je. Oui, mais mon fils est parti depuis. Il était temps. Tu es avec quelqu'un ? demandai-je Elle hausse les épaules. Et toi ? Mais elle ne semble pas attendre de réponse.

Elle me conduit dans le jardin. Il est assez grand. Juste à côté de la maison se trouve une piscine bordée de dalles de granit, derrière il y a une pelouse en pente avec, sur le côté, un énorme érable. La haie d'ifs entoure le terrain et protège le jardin des regards étrangers sans boucher la vue.

Ça m'irait bien une piscine comme ça, dit Anita. Chaque fois que je suis ici, je pique une tête. Ça te dit ? L'eau n'est pas froide du tout. Je n'ai pas de maillot, dis-je. On ne voit rien depuis la rue. Anita rit à nouveau. J'ai toujours aimé ça chez elle, sa façon de rire souvent, de ne pas faire de manières sans pour autant être superficielle. Allez viens ! dit-elle. Elle se déshabille.

Nous sommes nus l'un en face de l'autre. J'ai froid et il pleut toujours un peu. Anita me prend par la main et nous descendons tous les deux dans l'eau qui semble vraiment plus chaude que l'air. Nous ne restons pas longtemps, c'est plus un rituel qu'une envie de se baigner. Anita sort de l'eau et je la suis dans la maison. Je me suis rarement senti aussi nu. Devant la salle de bain des amis, Anita dit soudain, non, elle prend de nouveau ma main et m'entraîne dans la salle de bain de Franziska. Nous nous douchons ensemble, nous séchons avec la serviette de Franziska, nous allongeons dans son lit, dans les draps où elle a dormi quelques jours auparavant. Ça semble nous émoustiller tous les deux sans que je sache vraiment pourquoi.

Anita a tiré la couverture sur nous, sa bouche est tout près de mon oreille, si tu ne m'aimes pas, murmure-t-elle, ce n'est pas ta faute. Et elle rit à nouveau. Tous les deux, nous n'avons pas choisi les bons, n'est-ce pas ? On fait quoi maintenant ?

Quand je me réveille, il commence déjà à faire jour. Je suis seul dans le lit. Je me lève et vais dans la cuisine. Anita est assise devant une tasse de thé. Je pourrais prendre quelque chose de plus fort, dis-je. Whisky ? Gin ? demande-t-elle. Je regarde la pendule, il est cinq heures. Café, dis-je en allant me servir. Anita sirote son thé, elle semble vouloir dire quelque chose, prend encore une gorgée. Bon sang, dit-elle, il est brûlant. Où est Franziska ? demandai-je. À l'hôpital, dit-elle. Elle avait très mal au dos et voulait faire faire un bilan. Elle a peur que ça soit en rapport avec le cancer.

Je ne sais que dire. Pendant un instant, j'éprouve une rage sauvage et je suis à deux doigts de frapper Anita ou moi-même, mais la colère disparaît aussi vite qu'elle est venue. C'était peut-être pour ça qu'elle était un peu à fleur de peau quand vous vous êtes téléphoné, dit Anita. Pourquoi tu ne m'as rien dit, demandai-je à mi-voix. Tu la connais, dit Anita. Je vais la chercher demain, non, cet après-midi déjà. J'espère que les médecins auront trouvé ce que c'est.

Anita disparaît et revient avec les draps et la serviette que nous avons utilisés. Il faut que je fasse encore une lessive et range un peu, dit-elle. C'est peut-être mieux, si tu pars maintenant.

Au moment de nous dire au revoir, j'ai l'impression que nous avons un peu honte tous les deux de ce qui est arrivé. On n'a pas besoin d'avoir honte, dit Anita, comme si elle avait deviné mes pensées. Je t'appellerai.

Franziska est sur scène, elle chante une chanson de Barbara. Tout son corps tremble sous l'effort et l'emphase. Je suis debout derrière la scène et l'observe. La musique est finie, elle laisse retomber sa tête, le public applaudit. Elle sort de scène en courant, me prend dans ses bras, elle embrasserait n'importe qui à ce moment. Les applaudissements ne s'arrêtent pas et elle doit retourner sur scène. C'est à peine si je peux la voir tellement les feux de la rampe éblouissent.

C'est la nuit, je la conduis à son hôtel, il pleut. Les essuie-glaces couinent. Franziska se renverse sur son siège. Je lui jette un bref coup d'œil. Elle a fermé les yeux, elle semble parfaitement heureuse mais épuisée aussi.

Nous sommes allongés dans le lit, elle se love contre moi dans un demi-sommeil, je sens la chaleur de son corps, l'odeur de ses cheveux, de son parfum, j'embrasse ses petits cheveux sur la nuque.

Nous sommes au bord du lac, il a plu, il n'y a personne d'autre. Nous nous déshabillons, Franziska m'a tourné le dos. Une fois nue, elle se tourne vers moi, reste un instant comme ça et se montre à moi. Puis elle se baisse pour prendre son maillot de bain dans son sac.

Nous nageons dans le lac, le soleil est bas, l'eau a des reflets noirs à contre-jour. Franziska plonge, je la suis dans le silence. Nous nous embrassons, j'inspire l'air qu'elle expire. Nous grandissons ensemble, nous sommes un seul organisme, une créature à huit membres qui s'enfonce dans les profondeurs, de plus en plus profond.

Les classeurs en carton ne doivent pas être jetés en même temps que le papier, je dois donc prendre chaque dossier un par un, le vider et mettre le contenu et le contenant dans des bacs séparés. J'enlève même les agrafes et les rassemble à part. La constitution des archives a coûté tant d'efforts que leur suppression doit être aussi engagée avec soin. Bien que j'aie régulièrement nettoyé la cave, le travail fait beaucoup de poussière et je dois sans arrêt faire des pauses pour aller respirer l'air frais. Il fait maintenant plus chaud, il ne pleut plus que de temps en temps. Le jardin me paraît plus beau que jamais, le lilas est en fleur, même les pivoines fleurissent déjà. Aujourd'hui c'est l'anniversaire de Franziska. Je lui apporte des fleurs en pensée, un gigantesque bouquet de pivoines.

Je feuillette certains dossiers avant de les jeter. Il y a beaucoup d'articles insignifiants, des doublons, un journaliste copiant l'autre. Les archives se sont nourries elles-mêmes, rumination infinie de faits dont le degré de vérité est souvent douteux. Mais ce qui se trouve dans un journal acquiert une vérité, un poids et celui qui le cite ne peut se tromper. Les articles sur des personnalités sont la plupart du temps quasiment inutilisables tellement ils sont lacunaires et tant ils disent peu de chose sur ce qui fait un individu. Malgré tout je suis tenté de conserver tel ou tel dossier, mais je me le suis interdit. Les archives doivent être entièrement supprimées et écartées de ma vie tant est grand le danger qu'elles recommencent à proliférer.

À l'entrée du garage se trouve un container que j'ai fait venir et qui se remplit lentement de papier, d'articles et de photographies. Il m'en faudra peut-être un autre.

Bien que je me laisse du temps pour le faire, il ne me faut même pas une semaine pour supprimer les archives. Comme pour me leurrer moi-même, j'ai laissé le dossier de Franziska en haut dans mon bureau, mais il doit disparaître lui aussi. Je le feuillette encore une fois, regarde les quelques photos qu'il contient et où Franziska ressemble à ce qu'elle est dans mon souvenir, un instantané dans une fête après un concert, la photo de remise d'un prix, celle d'une interview par un journal local à un moment où elle ne s'attendait pas à être photographiée. Étrange que ce soit sur les plus mauvaises photos qu'on la reconnaît le mieux. Puis je jette tout dans le container avec les autres papiers, sans difficulté. La seule chose que je garde, ce sont les classeurs que j'ai marqués mais qui sont restés vides, Bruits de l'eau, Bruits des oiseaux en vol, Odeur du sommeil, Être là dans le monde et quelques autres.

Je suis allongé dans mon lit, j'ai les yeux fermés. Je ne sais pas très bien si je suis éveillé ou si je rêve. Je suis en ville avec Franziska, il y a beaucoup de monde, ils font des courses, discutent, sont assis à des terrasses de café, se promènent comme nous, on dirait un paysage en modèle réduit. Nous nous regardons, nous sommes heureux. Nous voulons traverser la rue, les autos s'arrêtent. Je dis merci d'un signe de la main et je les vois alors se dissoudre dans l'air, les motos aussi, les scooters et les vélos. Les lampadaires disparaissent, les feux tricolores, les panneaux de signalisation. Les maisons à droite et à gauche deviennent de plus en plus transparentes jusqu'à ce qu'on ne les voie plus, même chose pour les arbres et les autres plantes, le gazon dans un petit jardin devant une maison, les buissons et les fleurs. Le chien qu'une dame tenait en laisse a soudain disparu et la laisse pend inerte au bout de sa main. Un chat disparaît en même temps que les oiseaux qu'il guettait, puis c'est au tour des gens, les passants, les vendeuses, les artisans et les serveuses, les enfants, ils disparaissent un à un comme s'il passaient une porte invisible ouvrant sur le néant. Nous ne restons plus que tous les deux, nous nous tenons par la main, Franziska rit, mais moi je n'ai pas envie de rire. Au-dessus de nous les nuages se dissolvent, le ciel, le soleil semblent grandir jusqu'à tout englober, une immense incandescence. Puis le sol où nous nous trouvons disparaît aussi, autour de nous il n'y a plus rien, mais nous ne tombons pas. Partout où il y avait quelque chose, il ne reste qu'un vide blanc, j'ai l'impression que nous nous déplaçons sur une feuille de papier blanc.

Le lendemain je suis réveillé par le camion qui vient chercher le container, j'entends le sifflement des vérins hydrauliques et le bruit dur du métal cognant contre du métal, mais je reste au lit, je ne veux pas voir mon œuvre en train d'être liquidée.

Je me lève tard, me fais du café et descends à la cave. Je déplace sur le côté les étagères vides pour faire de la place et découvre quelques articles qui ont échappé à mon opération de nettoyage, un texte sur l'hivernage des cactus, un autre sur l'ouverture du tunnel routier du Saint-Gothard datant des années 80 et un tout récent pour le cinquantième anniversaire de

Mark Rothko, illustré par la photo d'un de ses tableaux. Ces papiers aussi finissent dans la poubelle. Puis j'aspire le sol de la cave et dépoussière les étagères vides. L'acoustique s'est modifiée, l'aspirateur fait un bruit beaucoup plus fort que d'habitude et mes pas résonnent, ce qui n'arrivait pas autrefois.

J'ai une impression écrasante de vide sans pouvoir dire si elle est positive ou négative. C'est un mélange de tristesse et de légèreté, comme j'en ai ressenti souvent au moment de pertes qui étaient à la fois douloureuses et libératrices.

Maintenant il n'y a plus que mon histoire, ce dossier qu'est ma vie et qui m'apparaît soudain plus grand, plus important, après que tous les autres ont disparu. Que dire de plus ?

Anita n'a plus donné signe de vie et je n'en suis pas plus malheureux. Mais dix jours après notre rencontre, je reçois un coup de fil de Franziska. Je me demande si elle sait que j'ai été chez elle et ce qui s'y est passé. Elle ne dit pas un mot là-dessus. Elle n'évoque pas non plus son séjour à l'hôpital, elle me dit simplement que ça lui ferait plaisir qu'on se voie. Le temps devrait s'arranger et nous pourrions nous mettre dans le jardin. Elle me dit qu'elle est toujours chez elle, que je peux venir quand bon me semble, mais qu'il faut que ce soit cette semaine parce qu'elle commence une thérapie à partir de lundi et elle préférerait ne rencontrer personne. Nous nous donnons rendez-vous pour le surlendemain.

Franziska avait la même voix que lors de nos dernières conversations au téléphone. Je ne sais pas ce que j'attendais. Une malade, une invalide, une femme brisée ? Elle ne se montrerait jamais comme ça. Déjà quand je l'observais dans son sommeil, j'avais l'impression de faire quelque chose d'interdit.

Ce pourrait être les premiers jours de ma vie. Les archives sont parties, la maison est nettoyée et rangée. Je joue même avec l'idée de la vendre et d'aller ailleurs. Je vais revoir Franziska pour la première fois depuis presque trente ans, ce pourrait être la fin d'une époque et le début d'une nouvelle.

Quand Anita a dit que nous n'étions pas tombés amoureux des bonnes personnes, je n'avais pensé qu'à Franziska et à moi. Maintenant je commence à comprendre que notre relation était plus importante pour elle que pour moi. Peut-être m'a-t-elle aimé durant tout ce temps comme moi j'ai aimé Franziska. Alors pourquoi ne m'avoir rien dit ? Mais ça aurait changé quoi ? Ça changera quoi si je dis à Franziska que je l'aime, que je l'ai toujours aimée ?

Le lendemain je vais en ville pour m'acheter de nouveaux vêtements. J'aurais préféré m'acheter quelque chose sur catalogue comme je le fais presque toujours, mais il ne me reste pas beaucoup de temps et je ne veux pas me présenter devant Franziska avec mes vieilles frusques. J'y vais juste après l'ouverture des magasins et j'ai de la chance, je suis le seul client dans la boutique. Même la bonne humeur exagérée du jeune vendeur ne me dérange pas. Il me vend deux pantalons, trois chemises et une veste. Quand je me regarde dans le miroir, j'ai l'impression d'être déguisé, mais le vendeur m'assure que c'est ce qu'on porte maintenant et que ça me va très bien.

En rentrant, je passe près d'un salon de coiffure devant lequel se trouvent deux poussettes vides, mais il n'y a personne alentour, ni mère ni enfant. Je décide de me faire couper les cheveux.

Même la coiffeuse semble de très bonne humeur. Elle ne cesse d'essayer de m'entraîner dans une conversation, mais c'est surtout elle qui parle. Elle me parle de ses vacances de ski en Autriche, de l'époque où le salon a dû rester fermé, de son petit ami qui est aussi coiffeur et du fait qu'elle n'a pas pu travailler pendant deux mois. Elle dit que parfois elle avait envie de se taper la tête contre les murs, tout en me lavant les cheveux et en me massant le crâne. J'aurais pu envoyer balader mon petit ami. Elle rit. Elle me pose des questions sur toutes les choses qui font une vie, ce que je fais comme travail et pendant mes loisirs, où j'habite, si j'ai des enfants, où j'ai été pendant les vacances. Je lui raconte n'importe quoi. Quand elle a fini je lui laisse un pourboire beaucoup trop gros et me dépêche de sortir.

Ma nouvelle vie n'a pas encore commencé que déjà je regrette mon ancienne, le calme, la régularité de mes journées, l'absence d'événements. Retrouver Franziska me rend nerveux et je me demande si je serais à la hauteur des idées qu'elle se fait d'une vie bonne. Elle donnera certainement de nouveaux concerts, elle voyagera, rencontrera des gens. Au lycée déjà elle ne tenait pas en place, elle avait beaucoup d'amis, faisait du sport, de la musique. Je n'étais certainement pas le seul à être amoureux d'elle, mais je suis le seul à l'être resté. Avec le recul je me demande ce qu'elle pouvait bien me trouver, ce que notre amitié signifiait pour elle. À l'époque je ne me posais pas la question, j'étais amoureux et je ne pensais qu'à moi, à mes envies, à mes désirs. Maintenant je dois avouer que nous formerions un couple bizarre, elle la star de la chanson et moi le sauvage, la belle et la bête. Mais il n'y a que dans les contes que la bête devient un prince.

Fais le tour par l'extérieur, me dit la voix de Franziska à l'interphone. Je te rejoins.

Je longe la maison et trouve derrière la haie d'ifs un petit portail qui mène dans le jardin et que je n'ai pas remarqué lors de ma première visite. C'est une journée ensoleillée mais fraîche. Le vent fait bruisser les feuilles de l'érable. Avant que je puisse m'asseoir à la table, je vois le volet qui protège la piscine se retirer dans un léger ronron. Puis Franziska sort de la maison, c'est son entrée en scène. Elle porte une robe courte d'été avec des souliers à talons et me semble moins déguisée que moi. À première vue, elle n'a guère changé, ce n'est que lorsqu'elle s'approche que je vois que les années ont laissé leurs traces. Ce sont peut-être les petites rides autour des yeux que le maquillage ne peut masquer, peut-être sa façon de se tenir, se façon de bouger qui trahit son âge. Elle sourit comme sur les photos des magazines, elle fait un drôle de mouvement, une sorte de courbette et dit, tu as bonne mine, tu n'as presque pas changé. Je voulais te dire la même chose, répondis-je, et elle rit. On est sans doute bien conservés tous les deux. Tu veux boire quelque chose ?

Elle disparaît dans la maison pour aller chercher du café et de l'eau puis elle finit par s'asseoir en face de moi, se renverse sur sa chaise, sourit mais de façon différente cette fois, elle semble être plus elle-même maintenant.

Cela prend bien une demi-heure avant que nous arrêtions de parler en formules toutes faites et que nous retrouvions la légèreté avec laquelle nous nous sommes entretenus au téléphone. Tu reçois toujours des demandes en mariage ? demandai-je. Ça fait longtemps que je n'en ai plus eu, dit-elle, il serait temps que ça reprenne.

Il fait plus frais que nous ne le pensions et au bout d'un moment nous passons à l'intérieur et nous asseyons à la grande table du salon, face à face, comme tout à l'heure à la table de jardin. Nous parlons de notre jeunesse, nous nous remémorons des choses que nous avons faites ensemble, nous évoquons d'anciens amis et d'anciens professeurs. Tu veux encore boire quelque chose ? demande-t-elle, et je ne sais pas très bien si c'est une façon polie de me dire de partir. Je suis désolé pour ce que je t'ai dit au téléphone. Tes relations ne me concernent pas. Elle ne répond pas et se contente de me regarder. Je t'ai aimée, dis-je, toute ma vie. Franziska ne dit toujours rien. Elle reste assise là et ne bouge pas, comme une actrice qui a oublié son texte et ne sait pas ce qu'on attend d'elle. Je devrais dire maintenant que je l'aime encore, mais je ne suis pas certain que ce soit vrai, si c'est elle que j'aime ou les souvenirs que j'ai d'elle. Elle se lève, fait le tour de la table et vient vers moi. Elle s'arrête derrière ma chaise, passe ses bras autour de mes épaules et pose sa tête contre la mienne sans rien dire. Quelque chose en moi résiste, mais finalement je me lève aussi, nous nous prenons dans les bras et nous embrassons.

C'était beau, dit Fabienne, mais je sens que quelque chose ne va pas. Je m'agenouille entre ses jambes, contemple son corps nu, elle semble beaucoup plus jeune que tout à l'heure dans le jardin, plus fragile, moins sûre d'elle. Oui, dis-je, c'était beau. Cela fait longtemps que je n'ai pas couché avec un homme, dit-elle, j'ai un peu perdu l'habitude. Et… Elle montre les traces de l'opération sur sa poitrine sans plus rien dire. Mais ce n'est pas ça. Tu es magnifique, dis-je en me penchant au-dessus d'elle pour embrasser son ventre, ses seins, sa gorge.

Nous nous sommes aimés, mais j'ai eu l'impression que tout cela n'avait rien à voir avec mon amour, avec Franziska et moi. Nous étions une femme et un homme dans la lumière tamisée d'une chambre, sur un lit trop moelleux. Nous avons fait l'amour comme n'importe quel couple qui s'aime pour la première fois. Ses mains et ses bras, ses épaules, le creux sous ses clavicules, ses petits seins et ses hanches devenues un peu plus pleines, des grains de beauté, des petits poils, un bouton à un endroit inattendu, son odeur, la douceur de sa peau, sa toison. Sa façon de bouger, de se donner, de prendre ce qu'elle veut. Ses murmures et ses rires, ses gémissements et sa façon de jouir, d'être très loin pendant un instant puis de se laisser retomber sur moi encore haletante, sa façon de rire, de me murmurer quelque chose à l'oreille. C'était beau. Oui, dis-je, c'était beau.

Elle s'est retournée, je caresse son dos. Tu as un coup de soleil ? La peau est un peu rouge sur ses reins, un rectangle bien délimité, je suis étonné de ne pas l'avoir remarqué plus tôt.

Quand nous étions enfants, une marque de crème solaire distribuait des fleurs qu'on pouvait se coller sur la peau, dit Fabienne, tu te rappelles ? Pour qu'elle ne bronze pas à cet endroit. Chez moi, c'est l'inverse. Elle se tourne de nouveau sur le dos, comme si elle voulait m'empêcher de voir et je m'allonge à côté d'elle. J'ai froid, dit-elle, j'ai perdu quelques kilos ces derniers mois, je n'ai pas beaucoup d'appétit en ce moment.

Elle ramène la couverture sur nous puis colle son dos contre moi et je la prends dans mes bras. J'ai l'impression que nous sommes maintenant plus proches que tout à l'heure, quand nous faisions l'amour. Je sens qu'elle veut dire quelque chose, on dirait que ce qu'elle pense agite tout son corps.

Peut-être que tu places l'amour entre un homme et une femme plus haut que je ne le fais, finit-elle par dire. J'ai toujours eu peur de ton amour. J'avais des projets, je voulais chanter, monter sur scène, avoir du succès. Il n'y avait pas de place pour un amour inconditionnel qui finit toujours par faire mal. Les hommes avec qui j'ai été avaient compris ça et ils me laissaient faire ce que je voulais. Je les ai aimés à ma façon, mais ils ne me manquaient jamais quand j'étais en tournée, et sans doute que je ne leur manquais pas non plus.

Je t'aurais manqué ? demandai-je. Je ne crois pas, dit-elle, mais moi je t'aurais manqué et tu m'en aurais voulu. Je crois que j'avais simplement l'impression qu'avec toi c'était tout ou rien. Et je ne pouvais pas tout te donner. Je ne voulais pas tomber amoureuse de toi. Tu te rappelles quand nous avons voulu faire du ski et que nous sommes restés toute la journée dans ma chambre ? Ou bien quand nous avons dormi dans le même lit après ce fameux concert, je crois que c'était quelque part en Forêt-Noire, non ? Je crois qu'à l'époque tout aurait pu arriver. Mais tu as filé prendre ton train, tu es allé à la salle de bain te laver les dents et ça a duré une éternité. Tu ne me voulais pas vraiment en fait, tu avais toi-même de grands projets, tu voulais aller étudier à l'étranger, publier, devenir un historien ou un philosophe célèbre. C'était quoi déjà le sujet de ton mémoire ?

Tu ferais quoi si tu pouvais tout recommencer depuis le début ? demandai-je. Fabienne réfléchit longtemps puis elle dit, je ne peux pas redevenir celle que j'ai été. Je ne veux pas d'ailleurs. Je crois que je referais pareil, les bons et les mauvais choix. Et toi ?

J'imagine ce qu'aurait pu être notre vie si nous avions pris d'autres décisions, si nous avions été ensemble quand nous étions jeunes. Nous nous serions mariés, nous aurions eu des enfants, Franziska aurait travaillé à l'hôpital et moi aux archives. Elle aurait continué à chanter ses chansons mélancoliques, se serait produite de temps en temps en spectacle, pour un mariage, une fête organisée par une société dans une salle des fêtes. Je l'aurais accompagnée, l'aurais aidée à monter et à démonter la sono, ou bien je serais resté à la maison pour garder les enfants et j'aurais attendu impatiemment qu'elle rentre, toujours un peu jaloux de sa vie sans moi.

On aurait langé les enfants, on leur aurait donné à manger, on serait partis avec eux en vacances, on les aurait aidés à faire leurs devoirs, on les aurait amenés au sport, on les aurait consolés, on aurait soigné leurs blessures.

Les enfants auraient grandi, ils seraient devenus adultes et auraient quitté la maison. Mais avais-je vraiment eu envie de ces enfants, avais-je voulu partager le quotidien avec Franziska ou n'avais-je pas plutôt besoin d'elle comme ce qu'elle avait été pour moi pendant toute une vie, un amour inaccessible, un désir ? Elle m'avait rendu à la fois heureux et malheureux par son absence. Aurais-je été plus heureux avec elle ? De quoi aurais-je alors rêvé ?

Nous traversons une forêt clairsemée, main dans la main. Le chemin est large, les arbres forment une voûte au-dessus de nous, des hêtres imposants dont les troncs ressemblent à des colonnes. Il doit être encore tôt dans l'année, les feuilles sont encore vert tendre. Il fait frais mais pas froid, une brise agite les cimes des arbres. Une femme à cheval vient à notre rencontre, elle est assise très droite sur sa selle, son buste monte et descend au rythme de sa monture. Des taches de lumière tombent à travers les frondaisons sur son corps svelte. Juste avant d'arriver à notre hauteur, elle se lève au-dessus de sa selle, son cheval part au galop et passe à côté de nous dans un martèlement de sabots.

Je ne peux pas voir Franziska mais je la sens marcher à côté de moi et j'entends nos pas sur le gravier. La lumière m'éblouit et je détourne la tête. Nous nous arrêtons. Franziska lâche ma main, je l'entends s'éloigner, mais je ne peux pas me retourner vers elle, une force invisible semble m'en empêcher.

Il fait très sombre. Je sens la chaleur du corps de Fabienne. Elle a dû s'endormir, elle marmonne quelque chose, bouge un peu, me prend la couverture. Je n'ai aucune idée de l'heure qu'il est ni de combien de temps j'ai dormi. Je me lève et m'habille, prends mon sac à dos et traverse la maison obscure.

La porte d'entrée est fermée à clef. Je passe par la porte-fenêtre donnant sur le jardin et me dirige vers le petit portail, mais lui aussi est fermé. Arriverais-je à passer par-dessus ? Je n'en sais rien, je n'essaye même pas pour ne pas risquer d'avoir l'air trop lamentable.

Fabienne a dû oublier de recouvrir la piscine. L'eau a des reflets noirs sous la faible lumière. Les arbres bruissent dans le vent. Je m'assieds sur l'une des chaises longues en bordure de la piscine et regarde le ciel. Les nuages se sont dissipés, il y a énormément d'étoiles mais on ne voit pas de lune. Je ne pense à rien, je reste simplement assis là, fatigué et grelottant dans la nuit froide. De l'humidité monte du gazon.

Fabienne est entrée dans le jardin. Je ne m'en suis aperçu qu'au moment où elle a touché mon bras. Elle a mis une couverture sur moi et s'est assise sur la chaise longue à côté de la mienne. Elle aussi s'est enveloppée dans une couverture, on doit ressembler à deux malades dans un sanatorium.

Tu as essayé de faire le mur ? demande-t-elle. Tu n'es pas un peu trop vieux pour ça. C'est une constatation, pas une question, sa voix a une sonorité enjouée. Ce n'est pas pour rien que j'avais fermé à clef.

Le jour se lève et les oiseaux font un raffut de tous les diables. Tu savais que les oiseaux qui ont de grands yeux commencent à chanter plus tôt le matin que les oiseaux qui ont de petits yeux ? dis-je. Il n'y a sûrement pas beaucoup de gens qui le savent, dit Fabienne. Une bonne vie faite pour soi, dit-elle. Tu mènes une bonne vie faite pour toi ? Elle rit, il n'y a aucune amertume dans son rire. Je veux me lever, aller vers elle, la prendre dans mes bras, mais elle dit, reste. Je t'aime, Fabienne, dis-je. C'est la première fois que je dis ce nom et ça fonctionne. Commençons par le début. Nous nous sommes rencontrés durant cette nuit. Et qui as-tu rencontré, demande-t-elle. Tu crois qu'on va tenir ensemble ? Si tes attentes ne sont pas trop grandes, dis-je. Il ne faut pas que tu attendes trop non plus, dit-elle, et elle me parle de sa thérapie à l'hôpital et de ce qui pourrait arriver. J'ai liquidé les archives, dis-je. Et j'ajoute que j'ai pensé à mettre la maison en vente. Que je veux changer de vie. Tu n'es pas obligé, dit-elle, je te prends comme tu es.

J'ai tout écrit, dis-je. Notre histoire ? demande Fabienne. Non, mon histoire, mon dossier. Et il se termine comment ? demande Fabienne. Il n'est pas encore terminé, il manque la plaidoirie finale. Aucun tribunal ne s'en prend à toi, dit Fabienne, personne ne t'accuse, sauf si tu t'en prends à toi-même.

Il fait de plus en plus jour, les étoiles ont pâli avant de disparaître complètement. Tu vas encore donner des concerts ? demandai-je. Si je peux, dit Fabienne, peut-être. C'est ma vie. Mais pour l'instant, ce n'est pas ça l'important. Je vis au jour le jour, et malgré tout ce qu'il peut y avoir d'effrayant, malgré toute la peur, il y a là quelque chose de très beau.

À l'horizon les premiers sommets commencent à briller dans le soleil, rougeoiement lumineux au-dessus de la chaîne des collines et du lac, qui sont encore dans l'ombre. Là à gauche, ce sont les Alpes de Glaris, dit Fabienne, le point culminant c'est le Mürtschenstock avec ses trois sommets. Tu connais certainement le Vrenelisgärtli, n'est-ce pas ? Le Tödi aussi, c'est cette montagne solitaire avec sa grande paroi rocheuse sous le sommet. J'ai toujours voulu y grimper, mais ça ne se fera sans doute jamais. Le Schärhorn et le Windgällen. À droite le Grand et le Petit Mythen. La pyramide du Rigi est facile à reconnaître. Parfois en automne, quand l'air est très limpide, on peut voir, à l'ouest, l'Eiger, le Mönch et la Jungfrau. Si tu regardes bien, tu vas peut-être encore apercevoir quelque chose là-bas, très loin.

Composition et mise en pages
Nord Compo à Villeneuve-d'Ascq

Impression : CPI Firmin-Didot
Dépôt légal : mars 2023 – N° 2605 (173333)
Imprimé en France